空中稻田

卫鸦——著

广西师范大学出版社
GUANGXI NORMAL UNIVERSITY PRESS
·桂林·

图书在版编目（CIP）数据

空中稻田 / 卫鸦著．—桂林：广西师范大学出版社，2018.4
（中国当代原创文学）
ISBN 978-7-5598-0775-5

Ⅰ．①空… Ⅱ．①卫… Ⅲ．①短篇小说－小说集－中国－当代 Ⅳ．①I247.7

中国版本图书馆 CIP 数据核字（2018）第 061280 号

广西师范大学出版社出版发行
（广西桂林市五里店路 9 号　邮政编码：541004
网址：http://www.bbtpress.com）
出版人：张艺兵
全国新华书店经销
衡阳顺地印务有限公司印刷
（湖南省衡阳市雁峰区园艺村 9 号　邮政编码：421008）
开本：880 mm × 1 240 mm　1/32
印张：6.25　　字数：135 千字
2018 年 4 月第 1 版　　2018 年 4 月第 1 次印刷
定价：38.00 元

目　录

纸　船

早上起了点儿雾,现在已经消散。李水把头伸出窗外,看到一片明净干爽的天空,像镜子一样高挂在头顶。天空下面是母亲的背影,在不远处的石码头上晃动,看上去有点儿苍老。李水记得母亲说过,人的一生就像是码头下那些奔流的河水,只能往前不能往后,任谁也阻挡不住,最终会流到一个众人看不见的地方去。

现在,那些属于母亲的时光正不断流走,她一天比一天地衰老下去。李水看到母亲的手在水里不停地搅动,河面上皱起一圈圈细密的波纹,几只黄色的纸船被波纹拥着,一点点荡向了河中央。纸船是母亲放下去的,昨天晚上就已经糊好了。在每一个晴朗的日子里,母亲总会在码头与家之间,像渡船一样飘来荡去,不是洗衣服,就是放纸船。

李水的父亲是名水手,在这条河流上声名赫赫地飘荡了很多年。槐花巷里有种叫作水婚的习俗,那些五行属水的姑娘想嫁到槐花巷里来,或者是从槐花巷里嫁出去,都必须走水路离开自己的娘家。在李水看来,父亲当年所干的那些事情可以说是微不足道。作为水手的父亲,无非就是撑着一张竹筏替人接亲送亲,然后得到两瓶白酒和一个数目可怜的红包。巷子里无嫁娶之事的时候,就带点土特产到下游的市镇上贩卖,然后再带回其他地方的特产,转手卖给巷子里的人家。总之，父亲的工作就是一年四季撑着那张竹筏，在那条河流上风雨无阻地飘荡。

父亲出事的时候，李水能记住的事情不多。他记得那天父亲撑着一张筏子从码头上离去之后，便像屋顶上腾起的炊烟那样一去不返，生死存亡无人知晓。由父亲护送的那个新娘子，也跟着一起不见了。

对于父亲的失踪，巷子里流传着一种不光彩的说法，后来就连李水也这么认为，父亲与新娘子一起私奔了。这是件令李水倍感羞耻的事情，像座大山一样，从小到大都压着他，让他人前人后直不起腰。只有母亲，对父亲失踪一事从来没发表过任何看法。有的时候，李水难以将母亲与一位柔弱的妇道人家对号入座。她从容而平静地接受了父亲离去的事实。母亲说，他是我的男人，我知道他去了哪里。母亲还说，能拥有一艘结实的船，是父亲很多年以来的愿望。所以这些年下来，母亲持续不断地糊纸船，放纸船，旁若无人，活得就像个离群索居的隐士。

在母亲的眼里，纸船也是船。李水想起母亲放纸船的情景，她的手在水里一搅一搅，河水便跟着一荡一荡，纸船迟疑不决地离开码头，再缓缓向河下游漂去。母亲的眼睛追随着那几只纸船，起起伏伏地漂移到目不能及的地方，直到河水在远处的山脚下突然拐弯消失，她才肯依依不舍地回头。这样的日子母亲坚持了很多年。李水知道，在那些小小的纸船里，承载着的是母亲一辈子的心事。母亲坚定不移地认为，那些纸船会随河水一起，漂到一个众人看不见的地方去。在那里，父亲也许会看到它们。

现在,那些纸船已经三三两两地漂远了,母亲洗起了衣服,捶捶打打的声音在码头上升起来,伴着皂角的香味,随河风一起缓缓飘进巷子。从李水记事起,母亲就喜欢用皂角洗衣服,把他从一个不经事的儿童,转眼间洗成了一条五大三粗的汉子。母亲的意思是皂角可以避邪。多年来,母亲的这一举动已经成为一种无法更改的习惯。李水觉得,皂角的气味其实就是母亲的气味,有一种沁人心脾的芬芳。他相信,总有一天,它们也将不可避免地变成自己身上的一部分。

妈,李水对着母亲喊了一句。声音很浑厚,被河风送到了码头上,再沿着河面远远地扩散出去。有那么一小股声音,在水上荡两圈又折了回来,像秋千一样回荡在空悠悠的巷子里。李水很喜欢听这种袅袅的回音,仿佛有一伙人站在这条巷子里,把声音当火把似的传来递去。

母亲回话了,声音不大,像水一样从码头上潺潺流到李水跟前。

母亲说,饭已经做好了。

李水说,回来一起吃吧。

母亲说,你先吃,我马上回来。

李水"嗯"了一声,不再说话。母亲加快了挥舞木槌的节奏,码头上的捶打声更加密集了,回音很坚硬,在巷子里来回晃荡。李水把半截烟头扔出窗子,披上衣服往堂屋里走。太阳已经出来了,阳光从窗子里掉进来,铺占了半间屋子。

桌上有三副碗筷,摆放得十分整齐,这是母亲多年来的习惯,她喜欢把一切事情都做得井然有序。多出来的那副碗筷，是为父亲留下来的。推算起来，如果父亲真的去了那个众人看不到的地方，那么，今天就应该是他的祭日。这个日子母亲从来都没有忘记过。所以今天的饭菜比往常要丰富得多。几只大碗被翻转过来，倒扣在另外几只大碗上面，一揭开，热气和香气一起升腾起来。还有香火燃起的味道，一种看不见的庄严充斥在空气里，烟雾缭绕起来，再一缕缕飘散开去。

李水擦擦眼睛，有点儿湿润，眼中含着淡淡的暖意。他抬头向窗外望去，母亲正提着木桶，从石码头上一级级升起，身体向一侧吃力地歪着，但仍然走得四平八稳。母亲的身后是那条河流，再远一点的地方是山，山的旁边是另一座山。两座山像把钳子似的，把河流猛然扭弯，流向一个为李水所陌生的地方。那里也许是个村庄，或者是个市镇，甚至有可能是座城市，反正李水从未去过。他听母亲说起过，那地方有个巨大的漩涡，是水手们最为害怕的一道关卡。在河流拐弯的地方，河中央就像是刮起了一场龙卷风，水手们撑着竹筏过去的时候，稍不小心，连人带筏都会被吸卷进去，再上来的时候，人和竹筏就成了一堆碎片。

很小的时候，李水总想去那个地方看看，他想要是能撑着一张竹筏下去，再把远方许许多多新鲜的事物装载回来，那是件多么有意思的事情。现在，已经过去很多年了，这个愿望还一直折磨着他。李水认为，在那个地方，一定能找到点什么东西，或许会跟父亲有关。可母亲一直不让他去。母亲说，等你长大了再让你去。这句话在她嘴里一说就是很多年，就好像是，在母亲的眼里，李水永远都是个长不大的孩子。再说，自从父亲离去之后，巷子里也没人去撑竹筏了，在河面上来来往往的，多是些散发着柴油味的机动船只，比以前的木船和竹筏要方便得多，速度快，而且安全，现在巷子里接亲送亲全靠它们了。至于货物运输方面，因为有了更为便利的公路，这条水路基本上也就废弃了。水手这种曾经风光一时的职业，还有众多水手所留下的故事，已经被不断进化的时代埋在了历史深处，迟早有一天会被人们忘却。

现在，李水终于知道了长大的含义。昨天晚上，母亲搬来一把椅子，在堂屋里坐了下来。母亲向李水招招手，要李水过去。李水也搬了把椅子，在母亲对面坐下了。母子俩像一对姐弟那样，面对面地聊起了天。这是件令李水感到惊讶的事情。自从父亲撑着竹筏离去之后，母亲便很少说话。随着父亲的消失，母亲的言语也被父亲带走了。母亲这样面对面地与自己交谈，在李水的记忆里，似乎从未有过。

母亲说，你已经长大了。

李水心里一颤，这句话在母亲的心里一定已经孕育了好几年，甚至更长一段时间，这时候突然从她的嘴里说出来，令李水倍感震撼。李水从母亲的目光里捕捉到了一丝细微的变化，一闪没了，仿佛流星在夜色里划出的痕迹。有一瞬间，母亲看着他，像是很多年前看着父亲一样。从那一刻起，李水觉得自己真的长大了。

李水说，我早就长大了。

母亲没跟他争辩，她说，我给你订了门亲事。

李水惊讶地望着母亲，张大嘴巴半天说不出话。订下一门亲事，母亲虽然说得那么简单，但李水可以估量出这门亲事背后的代价。对于一个残缺不全的家庭来说，那也许就是母亲一辈子的心血。父亲缺了是小事，那些来自父亲身上的听起来不光彩的传闻，才是致使李水至今尚未婚娶的原因。李水不知道，习惯了沉默寡言的母亲，究竟是用了什么样的办法把自己的亲事说成了。

母亲说，姑娘是属水的。

李水点点头，明白了母亲的意思。

早饭吃得格外艰难，李水有一口没一口地扒着，一副索然无味的样子。那副空着的碗筷让李水手中的筷子有点儿无所适从。以前跟母亲坐在一起吃饭的时候，李水总是那么无所顾忌。有了这副多余的碗筷，气氛就截然不同了。李水恍恍惚惚地觉得，不知什么时候，父亲已经坐到了自己的跟前，在李水拿起碗筷吃饭的时候，父亲粗犷的咀嚼声也跟着在屋子里响个不停。李水记得，父亲是个很严厉的男人，小时候吃饭，他每掉一颗饭粒在桌上，都会挨父亲一顿揍，那种皮开肉绽的疼痛感一直延续下来，至今无法消散。

李水擦擦眼睛，再去看的时候，父亲已经不见了，那副碗筷还是空在那里，没有被移动过的迹象。李水相信了母亲的话，这些年来，父亲并没有离去，他的气息始终飘荡在这间屋子里，使他看上去似乎无处不在。

母亲不知什么时候已经来到了院子里，门外有充足的阳光，还有湿漉漉的衣物抖动的声音。李水放下碗筷走出屋子，他看到母亲被阳光放大的影子，无比臃肿地晃动在堂屋前的地面上。母亲举着一件衣服,啪地一甩,再一甩,细碎的水珠飞了出去,在阳光下折射出彩虹的颜色。

母亲说,这么快吃完了?

李水说,吃完了。

母亲说,船已经租好了,十点钟左右出发。

李水说,我不坐船去。

母亲愣了一愣,很快又平静下来。她说,现在都是用船。

李水说,那是他们的事,我是水手的儿子,他们不是。

母亲不说话了,把一件衣服稳稳当当地晾上了绳子。李水绕过母亲往后院里走去,长长的影子在墙角拐弯的地方一闪,不见了。母亲的表情和阳光被隔在了那堵墙的后面。

家里的那把柴刀就摆在后院里,应该是刚被磨过,闪亮的锋刃上散发出刺眼的青光。李水蹲下来,吸了根烟,再站起来的时候,他看到了八根粗大的竹子齐刷刷地靠在一面墙上,桐油的气息从屋子里飘散出来,很是浓烈。这种久违的气味令李水莫名兴奋。他记起多年以前的一些事情,父亲每次离家之前,总会在后院里架起一口巨大的铁锅,李水和母亲就往锅下面添柴火。火势渐旺,桐油在锅里翻滚起来,浓烈的香味像雾一样弥漫在屋前屋后。父亲把一捆粗大的麻绳扔进锅里,不停地煮,直到麻绳跟桐油同色,再捞出来。父亲扎筏子的时候,从来不用铁丝。父亲说,用这种浸过桐油的麻绳扎成的筏子,在浪头上抛来抛去也抛不散。父亲告诉李水,水是柔的,可以克刚,当年关羽水淹七军的时候,滔滔洪水让曹操帐下的那些金戈铁马顷刻间灰飞烟灭。李水知道,关羽是位英雄,看得出来,父亲很崇拜他，父亲的骨子里有一股浓厚的英雄情结。

父亲离去之后，李水有很多年没闻过桐油的香味了，那种异常熟悉的气味，跟那些关于父亲的记忆一样，在李水脑海里已经成为一个过早消亡的名词。时隔十多年，这种气味又扑面而来，李水再一次恍恍惚惚地看到了父亲，他的形象在一片桐油的香味里栩栩如生地复活过来。

李水兴奋地冲进屋子，屋子里架着多年以前的那口铁锅，母亲正操起一把木柴往锅底下添。火势很旺，疯了似的舔着锅底，母亲的脸从铁锅上露出一半，在一片通红的火光之中表情闪闪烁烁。这些年来，母亲就像是依附在李水身上一样，李水能想到的事情，母亲准能抢先一步想到。母亲总是在不经意间，就悄无声息地把李水想做的一切事情都做好了。

接下来的事情是扎竹筏，这是一项很费劲的体力活。八根竹子一字排开摊在地下，一股股用桐油浸过的麻绳有如蝴蝶穿花一般，在竹子之间穿来穿去，三扭两扭，把筏子捆出个雏形，这些都是母亲的工作。然后就是扎紧成筏，这需要相当大的力气，母亲从没做过。况且，即使母亲能做，父亲也不放心让母亲去做。对一个水手来说，能否把竹筏扎得牢固，可是件生死攸关的事情，父亲不敢造次。

李水回忆起父亲当年捆扎竹筏时的情景，那时候，父亲总是提着一瓶白酒来到院子里，仰起脖子一口气灌下半瓶，再甩甩胳膊，像蟒蛇蜕皮似的把上衣抖落在地下，这时候的父亲就像个梁山好汉一样，一身健壮黝黑的肌肉在阳光下裸露出来。然后父亲放下酒瓶，把绳子松松垮垮地打个结，再弯下腰，脚抵在筏子上面。父亲拿起酒瓶，嘴巴一张,又是一大口酒,借着酒劲,大喝一声,双手攥紧麻绳的两端一拉,双脚再用力一蹬,父亲的腰就像一根绷弯的弦,猛地一下弹直了,绳子便在竹筏上扭紧成一个谁也解不开的结。

现在,这些场景穿越十多年漫长的时光,再次重现在李水面前。李水仿佛看到了父亲的影子从堂屋里穿出来,然后像头拉磨的驴子一样,在筏子四周开始了频繁的走动。父亲手脚并用,那些麻绳被吱吱嘎嘎地扭紧成结。等八根竹子变成一张竹筏摆在院子里时,李水看到母亲坐在一旁不停地擦着汗水。这时候李水才猛然清醒过来,把竹筏捆扎成型的,并不是父亲,而是看上去手无缚鸡之力的母亲。在无意之中,母亲已经把父亲所掌握的很多东西融入骨子里去了。

出发之前照例有一场简单的仪式。在码头上点两炷香,烧些纸钱,再放几挂鞭炮,用来祭祀那些驻扎在河流上的神神鬼鬼,以保一路平安。以前父亲出门的时候,母亲总是把这项简单的工作做得无比虔诚。在李水的记忆里,母亲在码头上五体投地的跪拜姿势,是她一生之中形象最为生动的时刻。

现在轮到李水了,这项仪式被母亲举行得更加神圣庄严,只是没有了当初的隆重。以前父亲出发的时候,前来码头上送行的,总是拉拉杂杂的一大队人马。有烧纸钱的,有点香火的,有敲锣打鼓放鞭炮的,他们各就其位,使整个祭祀的场面自始至终纹丝不乱。现在码头上就母亲一个人,她七手八脚地支撑起这项仪式,可场面上还是跟以前一样,依然是纹丝不乱。忙碌中的母亲就像个千手观音,井井有条地摆弄着那些祭祀的用品。李水鼻子一酸,眼泪奔涌出来。

母亲点起一把香火，双手高举把香火送过头顶，在码头上反复跪拜起来，明灭不定的香火在空气中舞出一条不断往返的弧线。有那么一瞬间，李水认为那条弧线暗合了母亲生活的全部轨迹。父亲离去之后，母亲不停地糊纸船，放纸船。母亲的生命就那样沿着父亲给她画下的一条弧线重复着，被时光逐渐消磨。

然后是烧纸钱，几叠印满铜钱的黄纸被火苗烤得翻卷起来，青石板上腾起火光和烟雾。母亲嘴里念念有词，说着一些李水听不懂的祭词，再把纸钱一张张撒进水里。紧接着鞭炮被点燃了，河面上远远近近都是噼里啪啦的声响，仿佛下起了一场密不透风的暴雨，母亲的脸庞被火药炸出的烟雾笼罩起来，有如雨中景物那般模模糊糊。整个仪式到这里就算结束了。

母亲递过来两瓶酒，说，带上吧，路上喝两口。

李水说，我从来没喝过酒。

母亲说，喝不喝都带上，下了水，就要有点儿水手的样子。

李水就收下了。他记得父亲特别喜欢喝酒，每次出门，身上都少不了带一两瓶白酒。看来，在这些年里，母亲一直把父亲当作尺度，用来规范着李水的一举一动。

李水操起竹竿在码头上一点，人和竹筏一起离开了码头。又是一阵更加密集的鞭炮声响起来，李水看到母亲手里拎着很长的一串鞭炮，嘴巴应和着鞭炮炸响的节奏，不停地在翕动，在说话。可是李水听不清母亲说些什么。鞭炮声把一切细小的声音都掩盖住了。

竹筏划开水面往下游飘去。等那阵鞭炮声停歇下来，再回头看时，母亲在码头上已经缩小成模糊的一团黑影。

河水真是清凉，像一股股冷风从脚底板下吹过去。人和竹筏被水推着晃晃悠悠地往前行，刚开始的时候，速度有点儿慢，竹筏不好控制，在水面上像水蛇一样扭来扭去，没法按着李水脑海里既定的那条路线前行。看来撑筏子并不是件简单的事情，竹竿在左右两边交替着下水，每一杆撑出的力量都必须恰到好处，否则筏子一失衡，就会像磨盘一样在河面上打圈子。

李水有种奇怪的感觉，在踏上竹筏的那一瞬间，他便猛然觉得，他的命运已经不再是自己所能掌握的了，他的命运，甚至包括他的生命，都已经完整无缺地交给了脚底下的这条河流。当他像父亲一样，漂浮在这条河流上时，他再也无法像以前那样藐视父亲作为水手的身份，他理解了多前年父亲心中的那份自豪。这令李水感到无比惊讶，他在这十多年里对父亲的认识，远远没有在这短短的一段时间里来得彻底。李水想起了父亲的那句话，水是柔的，柔可以克刚。小的时候，李水难以理解父亲这句话所代表的含义，父亲的每一句话，似乎都像大海一样深不见底。现在，他站在这张竹筏上，以水手的思维方式再度去揣摸父亲的言行时，他终于认可了父亲的这一说法。李水攥紧了竹竿，筏子慢慢地走直了。两岸那些李水熟悉的村落，像长了脚一般三三两两地从他视觉范围里退走，另一些村落又接踵而来。河流三拐两拐，把李水带入了一个陌生的世界。

很快就来到了那两座山的面前，李水从来没看到过这么高这么大的山，以前隔远看的时候还不觉得，现在两座山被近距离放大了，李水把头使劲仰起来，目光才能抵达山顶。山上的雾在流动，像带子一样把山腰围了一圈。在河流陡转弯的地方,李水看到河面像是被挤压过似的突然变窄了,两岸的景物排列成八字形向他压迫过来,水流在这里陡然加速,前面不远处的滩头上不时掀起巨大的浪花。

如果不是亲眼所见,李水难以相信,这条温顺的河流会产生如此巨大的力量。那个漩涡似乎比他想象中的还要可怕,简直就像一张硕大的血盆大口,向李水露出一嘴的獠牙。河中央仿佛是一个磁性极强的磁场,那些漂浮在水面上的大大小小的东西,先是在漩涡周边缓慢地打着圈子,在向心力的引导下,它们离漩涡越来越近,转速也越来越快,转到中央的时候,猛地一下,全部被吞噬了。李水看到一截粗大的木杆,就那样被吞卷下去,上来的时候,就像是一根被咀嚼过的甘蔗,成了一堆破碎的渣滓。

要是人被卷进去呢?这无疑是件可怕的事情,李水眼前晃出一些血肉模糊的影子。他想起了一个与父亲有关的梦。父亲离去之后,在这十多年里,李水总是做着同样的一个梦。梦中的父亲重复地被一种看不见的力量所吞噬,然后又吐出,父亲的面目转瞬间就变得支离破碎。这个虚幻的场景使李水十多年来一直忧伤而恐惧。现在,这种力量是那么真实地摆在了李水的眼前。阳光下的河面就像是一个万马奔腾的战场,在发狂,在怒吼。李水突然间丧失了全部的勇气。他心里一凛,人和竹筏停了下来。

李水把筏子靠到岸边,埋头抽起了烟,一根接一根,不知不觉就把太阳抽到了山的后面。傍晚时分的河流像一块白布,被黄昏一点点地染红了。暮色来临之前,李水回顾了父亲在他生命里留下的短暂时光。作为水手的父亲,就那样在李水心目中焕然一新了,变得高大、神圣起来。

李水扔掉最后一颗烟头,抬起头看到了一些黄色的纸船,三三两两地沿着水面逶迤而来。他知道母亲这时候肯定站在码头上,源源不断地往水里放着纸船。这次的纸船比任何一次都要多,在河面上飘成一条黄色纽带,把母亲和李水一头一尾地连接起来。纸船飘到了漩涡所在的地方,一只接着一只,在河面上随水流画出圈圈圆圆的形状,越缩越紧,缩到漩涡中央的时候,纸船被猛地吸了下去。

父亲真的会看到那些纸船吗?李水心里一震,想起了母亲说过的话。他不太愿意相信,这波涛怒涌的地方,竟然就是父亲的归宿。然而,对于一个水手来说,又有什么样的归宿,能比这个地方更为适合呢?

李水拿出一瓶白酒,仰起脖子灌下去半瓶,一种暖意在四肢百骸间回转起来,白酒并不像他想象中的那样难喝。李水把筏子撑离岸边,往夜色中的河面驶去。母亲放出的纸船还在三三两两地漂来,一拨接着一拨,被那股漩涡风卷残云地吸卷下去,撕碎,然后消失不见。

2006 年 4 月

小镇理发师

那家理发店在老街。我去那天，下着雨，街上升起清凉的水汽，青石板油光发亮，像些镜子，将雨天的阴郁和潮湿反照到两边的墙上。父亲说，从这些青石板上，可看见这座小镇的过去。可我没有看到过去。我只看到两个湿漉漉的影子。父亲在前，我在后，两辆自行车欢快跳跃着，抖出一路的清脆铃声。我们路过一家杂货店时，一条狗叫了起来，另一些狗仿佛被传染了似的，也跟着叫，很快我们耳边就全是凌乱的狗叫声了。父亲弓着腰，赶紧加速，就像自行车链条断了似的，两只脚蹬得飞快。自行车慌慌张张，从一片狗叫声里突围出来。他比我更怕狗，等狗叫声远了，才停下来，在脚架上踢一脚，哐当一声，把自行车支在了屋檐下面。

"就停这里，不远了，"父亲擦了把汗，说，"一会儿见了面，记得要叫师父。"

我点了点头。父亲说话时，语气非常郑重。我有些激动。我隐隐觉得，一会儿见到的，应该是个大人物。在我们这座小镇上，有些神秘的大人物，他们背着一身的传奇故事，异于常人，人们谈论起他们时，脸上总带着敬畏之色。

我也踢一脚，把自行车支好。父亲站在那里，抽了支烟。雨天的老街阴暗潮湿，连成一片的屋檐下面，回荡着淅沥的雨声。父亲解开绑在尾座的松紧带，提下两个装有烟酒的塑料袋，打开看了看。袋口没系紧，渗进去一些雨水。他把烟和酒拿出来，用衣袖擦了擦，再重新装好。他脸上和头发上也湿漉漉的，不知是雨水还是汗水。

趁父亲忙碌的间隙，我靠着墙，歇了一会儿。青石板延伸到这里，突然断了，老街也到了尽头，就像张口，对着小镇的边缘洞开，把风和一块明亮的天空吸进来。出老街往前，数百米之外，是片芦苇荡，满地的绿色像块丝绸，平整地铺在那里，随河风一起颤动。到了秋天，芦苇会结花，小镇满天飘絮，蔚为壮观，被誉为新化县十景之一，叫“秋日芦观”。我们这座小镇的名字就是这么来的，叫炉观，取的谐音。但是很遗憾，过不了多久，“芦观”两字就会名存实亡了。有位台商来到小镇上，把那地方买了下来，打算建个电子厂，那里的芦苇有部分已被铲掉，剩下来的也难以幸免。几辆挖掘机举着铲斗停在那里，蓄势待发，似乎想把整座小镇掀翻。

“走吧，”父亲说，“前面就到了。”他拐了个弯。我也跟着拐个弯。我们眼前闪现出一个废弃的码头，一半沉在水中，一半搭在岸上，暗褐色的石头裸露出来，显示着繁华过后的落寞。很多年前，码头就在这里了，比小镇的年龄还要大，只是早已被人遗忘。我在小镇上长到十六岁，这地方一次也没来过。有很多次，我站在桥上，远远向这边张望，这座被视线浓缩了的老码头就像张陈年旧画，荒凉地挂在小镇一隅。

码头旁边有栋平房，一半搭在岸上，另一半由几根水泥柱子支撑着，扎在河里。门前很安静，只有河水淌过的声音，此外就是我和父亲的脚步声。这样的寂静让人恐慌，我恍惚觉得，这地方被某种看不见的东西隔开了，它既在小镇之中，又在小镇之外。

父亲将我带到平房前，停下来。我抬头看了一眼，门两边一副对联：“磨砺以须，问天下头颅几许；及锋而试，看老夫手段如何。”

不用说我也知道，这就是宋一北的理发店了。门开着，里面状况一目了然。一张黑色沙发正对着门，靠里墙摆着，沙发前是张茶几。左右两面墙上，挂着两块墙镜，镜前各有张转动的座椅，椅背上搭着白色围布。天花板上有把吊扇，在缓慢地转动，时间仿佛也跟着变慢了。

父亲弯下腰，把鞋底在地上擦干净，进了屋。我跟在父亲身后进去。店里十分拥挤，家具见缝插针地摆着，但并不显得杂乱，地上一根碎发也没有，几块白色的毛巾，整齐地挂在一条铁丝架上。宋一北在沙发上躺着，头枕着一边的扶手，两只脚翘起来，架在另一边。他好像睡着了。

父亲说：“人带来了。”

他睁开眼，翻身从沙发上坐起，目光像尘土一样，缓缓飘到我们面前。这副松松垮垮的样子，让我心里顿时凉了半截。这是我第一次见他，一个有气无力的男人，洗得发白的衬衫空荡荡地罩住瘦小的身躯，整个人看上去，就像盏陈旧的油灯，被一层昏沉的气息笼罩着。我估摸着他的年龄，应该在五十左右。可实际上他只有四十出头，跟我父亲同龄。他们是高中同学。

“叫师父。”父亲气息尚未喘平，胸膛起伏着，脸上写满了对他的尊敬。我不知这种尊敬从何而来。在我的想象里，这是一次极具仪式感的见面，我本该跪下来，恭敬地叫他一声师父。可是看到他之后，这两个字就像根鱼刺，哽在嗓子里，无论如何叫不出来。这让我很难受。我确实是想学理发，我想把手艺学好，像小镇上那些年轻的理发师一样，顶着时尚的发型，操起电剪，在别人头顶上理出一片天地。然而眼前的这位男人，与我想象中的理发师相差太远。

“你哑巴了？”父亲骂了一句，朝我吼道，“快叫师父。”我低着头，手垂在身体两边，闭紧嘴巴不说话。父亲很生气，从身后一脚向我踹来，力量很大。我晃了晃，脚底下加把劲，把自己扎稳，顶住了这一脚。与此同时，我的倔劲也上来了。我想父亲也许忽略了一点：我俩并肩站在一起时，我已经比他高出半个头了。初中三年，我长得很快，每年都会看到父亲像缩水一样，在我面前矮下去一截。我心里暗想，他要敢再踹，我就跟他干上。但是父亲没有再踹。

“别难为他了。”宋一北撑住沙发，把瘦小的身体支起来，两只脚探索着，懒洋洋地伸进拖鞋里。屋子里有些暗，他站起来，走到窗前，把窗帘卷起，让河风和光线涌了进来，还有清脆的水声。屋子里一下子亮堂了许多。与此同时，他脸上的落寞也更加明显了。他从兜里摸出支烟，拧燃火机点上，吸一口，又摸出一支，递给父亲，说：“‘师父’两个字，也不是那么随便就叫的。”

父亲接过烟，别在耳朵上，尴尬地笑了笑，说：“没办法，这小子随我，嘴笨，不喜欢叫人。”他将两瓶酒和两条烟拿出来，摆在茶几上。这几样东西一亮出来，就像块遮羞布，将他脸上的尴尬覆盖掉许多。

父亲在镇上的农机厂上班，一个月工资七百多，这些烟和酒，估计得在车床前忙上大半个月。当然，他准备的不止这些，除此之外，还有个红包，八百八十八块，隆重地装在一只信封里。见我不肯叫师父,他犹豫着将红包拿出来,一并放在了茶几上。但宋一北只收下了烟和酒,钱原封不动退回给父亲。

“这个你拿回去,我这里没这个规矩。”

“那好,我也不跟你客气,人就交给你了,多费点儿心。”父亲弯下腰,将信封捞起来,捏在手里,就像捏住一个什么秘密。他说:“一朝为师,终身为父,有做得不好的地方,该打就打,该骂就骂,不要顾及我的面子。”

“打骂解决不了问题,得靠他自己,师父领进门,修行在个人。”宋一北抽了口烟,把烟雾和简单的几句话吐出来,又坐回了沙发,身体往后一仰,靠成半躺的姿势。这是我们第一次见面,他用一副颓败的面孔,在我心里竖起一堵难以逾越的墙。

父亲将信封揣进兜里,出了理发店,走向停放自行车的地方。我也跟着出了门。宋一北窝在沙发上没动。他好像对一切都无动于衷,就像一个挂在相框里的人,近在眼前,却让人觉得异常遥远。说实话,我对他非常反感。他根本就不是我想要的师父。我对父亲说:“我想去县城里学。”

“这事我说了算,你没得选。”父亲转过身,手扶在龙头上,看着我,目光异常的坚定。说完他把自行车支架踢掉,骑上就走了。他的背影在青石板上跳动着,须臾间消失在阴暗的光线里。我又听到一阵狗叫声,从老街的一端传来。

那年我十六岁,初中毕业,我的理想是当名理发师。我承认这理想很卑微,可除此之外,我也没有别的选择。那年中考,我成绩一塌糊涂，连普高的门都没迈进去。留给我的只有两条路，要么去读职高，要么学门手艺。父亲想让我继续读书，职高也读，书到了肚子里，总会有用的。我考虑了很久，决定还是学门手艺算了。我们这个县只有一所农职，里面是些园艺、水产、畜牧类的专业，这意味着，我在那里读三年之后，仍得与农作物打交道。并不是我不想当农民，而是那时，小镇正在膨胀，土地陆续被公路、房子和工厂吞噬，可耕种的已经不多。当然，手艺也不好学，那时小镇上的手艺人已经非常稀少，竹匠木匠石匠这些，早已销声匿迹，顶替他们在外面跑江湖的，是些搞打字复印、做假证、卖小五金器件的人，他们踏着上一代手艺人的足迹，坑蒙拐骗，一年下来，也能挣到不少钱。可那根本不是我想要的生活。

父亲提了个建议，说我也许可以当个理发师，那是门不错的职业，至少长盛不衰。我去小镇上的几家理发店转了转，看着那些理发师，顶着新潮的发型，操着电剪，让一个个蓬乱的脑袋变得神采奕奕。确实很不错。我认真考虑了一下，同意了父亲的提议。但是我没想到，他给我找的师父是宋一北。他没有半点儿理发师的样子，脑袋秃着一半，额头夸张地亮出来，就像张烧饼顶在脑门上。这副模样，让我的心情从高处落下来，砰的一声砸在地上，变得像这条老街一样灰暗。

父亲走后，我回到店里。宋一北在沙发上又睡着了，还是那个颓废的姿势，就像只冬眠期的动物，仿佛永远都睡不醒似的。

雨天的小镇慵懒，像发了霉，万物沉默着，待在绵长的雨声中，小镇近乎静止。偶尔一辆火车，拖着白烟，从小镇边缘隆隆驶过，用一声长鸣提醒小镇上的人们，时光仍在前行。店里没有人来，我有些无聊，想找点事情做。店里共两间屋子，并排着，由一道简易的门相通，一间用于理发，另一间摆了张床，用于睡觉，同时也堆放一些杂物。门开着，我走进去，靠墙有口水缸，旁边摆了只系着麻绳的红色塑料桶。我把后门推开，眼前闪现出一块明晃晃的河面。我低下头，看到自己的影子掉在水中，脸上带着沮丧和颓废，就像另一个宋一北，在水中望着自己。我扔下水桶，将水中的影子砸碎了，再把水一桶桶吊上来。过不了多久，水缸就满了。宋一北从沙发上坐起来。他总算清醒了些，眼睛里隐隐有种光亮。

他问我："多大了？"

我说："十六。"

他点了点头，说他当初入这行的时候，年纪跟我差不多大。他说话的声音低沉、喑哑，像录音机里搅乱了的磁带。

"你真想学理发？"

"以前想，现在不想了。"

"哦，学不学无所谓，"他说，"在这里混两个月吧，我跟你爹有个交代。"

两个月过去了，我没有离开。让我留下来的，不是宋一北，而是师娘。师娘是个漂亮的女人，我不愿叫宋一北师父，但愿意叫她师娘。师娘喜欢穿红白两色的衬衫，下面搭条长裙，衬衫的下摆总是掖在裙子里，让下半身显得格外修长。我想不明白，如此美丽的女人，为什么会嫁给宋一北。她和他站在一起，明显是两个世界里的人。

看上去,她的年龄至少要比他小二十岁。

因为师娘,我变得积极起来。理发店就三个人,分工明确。我虽是个杂工,却也干得兢兢业业。打扫卫生时,地板上没有一根头发,隔段时间,我就用吊桶从河里打水,将那口水缸添满,此外,店里用过的毛巾,我会及时清洗出来,挂在铁丝上晾干。师娘跟我一样,也是个忙人,她负责给客人洗头,掏耳朵。手里闲下来了,就找块光线明亮的地方,坐下来剪纸。她剪纸的动作既优雅又利索,转眼之间,那些“囍”字、花鸟虫鱼、梅兰竹菊就活灵活现地出来了。这些剪纸,大多是镇上办喜事的人家订下来的,隔段时间,就有人来取走;也有的是师娘随手所剪,剪好了存放在那里,等存够一定数量,就回娘家待上几天,尽儿女之责的同时,也顺便把那些剪纸卖掉。她的娘家在另一座小镇上,属三县交界之地,在那里,剪纸能卖出比我们这座小镇上更好的价钱。

三人之中,宋一北是最闲的。他本来也是个闲人,即使手里忙着,脸上也是一副无所事事的神情。大多数时间,他窝在沙发上睡觉,眼睛一闭,全世界都跟他没什么关系了。他的工作是给客人剪头。店里的生意不算好,也不算坏。间或进来个顾客,在椅子上坐下来。他抖开一块围布,系在客人脖子上,手起刀落,剪刀咔嚓地响着,头发纷纷落下来,转眼之间,一张容光焕发的脸就出现在镜子里。他将白围布解开,抖掉碎发,说,好了。客人站起来,对着镜子看两眼,付过钱,满意地离开。从进来到离去,也就是三五分钟的事。如此一来,店里始终空空荡荡,好像永远都没顾客。

宋一北所使的工具,是一把细长的剪刀,铁制的,刀刃纤薄如纸,闪着冷光，拿在手里，有种沉甸甸的年代感。小镇上其他理发店里，早已用起了电剪，只要拧下开关，就会吱吱响着，推出齐整的平头。我问过他，为什么不改用电剪。他说改不了了，一代人有一代人的习惯，对理发师来说，剪刀和电剪没什么分别，关键取决于手，“手艺”两个字，顾名思义，先是手，然后再是艺。

他所讲的道理，我无法理解。但我确实喜欢看他给客人剪头。那是件让我觉得相当享受的事。剪刀到了他手里，他马上就变成了另一个人，剪刀也变成了另一把剪刀，仿佛不再是件铁器，而是样有生命的东西。他的手稳稳地控制着，剪刀在满头青丝间飞舞，展示着一位理发师的准确、稳定，以及精妙的技艺。每次看着，我都会生出一种错觉，感觉站在面前的，不是宋一北，而是从他身上分离出来的影子。有一次，他给一位客人剪完头之后，用毛巾擦拭着手里的剪刀问我：“想学吗？”

我点点头，说：“想。”

他把剪刀装进盒里收好，回到沙发上躺下了，没再说话。但是从他脸上，我看到了一丝欣慰。这种欣慰来源于我对他的认可。这时我才发现，不经意间，他在我心里竖起的那堵墙，已经不见了。

可他并没有教我理发，而是让我学画画。先练习线条，用铅笔在纸上画直线、曲线、折线，非常枯燥。这样练了几个月之后，再学石膏像，然后是素描。他教的方法简明扼要，我很快就能根据照片，在纸上画出人物的样子。

除理发外，宋一北还是名画师，兼职给弥留之际的老人画像，让他们的遗容得以在墙上保留，供子孙后代瞻仰。我跟着宋一北，走过一些村子,有时他也会让我帮着画。这让我很难受。因为每画下一张像,就意味着有一个人不久于人世。我无法像他那样,如同冷血动物似的,漠视他人的死亡。庆幸的是,他并没有让我长时间画下去,掌握了基本的技能后,便让我跟师娘学着剪纸了。

我并不喜欢剪纸,但我喜欢师娘。店里空闲时,我和师娘就搬张桌子,坐到河边。风吹过来,把整条河流的气息送到我们面前,两把剪刀慢悠悠地咬着纸,声音格外悦耳。有时我一低头,就能看到师娘端庄的面容,映在明净的水中,这时我恨不得时间能够停住,让这张脸永远定格在我面前。

师娘是位好老师,剪纸技艺炉火纯青,她想要的图案,全装在脑子里,无须画草稿,信手就能剪出来,栩栩如生。我先跟她学着剪字,"福禄寿""囍""五谷丰登",等等。剪字学得差不多了,再开始学剪花鸟虫鱼的图案。虽然在小镇上的人看来,裁裁剪剪是女人干的活,但我必须承认,在这方面,我确实是有些天赋的,一年之后,我的手已经很稳了,每当手指活动时,脑子里就会装着一把剪刀。有一天,宋一北把我叫到跟前,递给我一把剪刀,说:"来,你试试。"

他在椅子上坐下来,头往后仰着,眼睛闭上。我攥着剪刀,内心有些激动,也十分忐忑。这一刻来得过于突然,学徒一年多以来,他从未向我传授过理发方面的技巧。尽管平日里耳濡目染,可当我面对着一颗真实的头颅时,脑子里仍然一片空白。我愣愣地站了一会儿,才硬着头皮,拿过一块围布,将他的脖子圈上。剪刀在我手中颤抖着。他说:"剪纸你都对付得了,还怕剪头?"

这话就像针镇定剂,让我的心和手瞬间就稳住了。我开始动手。

剪刀一碰到头发,我就知道,那些基本的绘画技巧,以及剪纸的经历,对于一位理发师有多么大的帮助。我根据他的头型,像画画一样,在脑子里画出适合他的发型,然后稳稳地控制住剪刀,手随心动。剪刀咔嚓地响着,碎发纷纷落在地上。我在剪刀与头发的接触之间,找到了一种流畅的节奏。很快我就让剩下来的头发,恰如其分地成为他那半个秃头最好的装点。剪完之后,他起身,径直走到沙发前,脸上的碎发也没掸掉,就躺下了。对镜子里的模样,他看都没看一眼。

我说:“你不看看?”

“不用看,剪得很不错。”他抽起了烟。

我有些意外,能得到他的认可,并非易事。师娘说过,在我来到店里之前,宋一北曾收过一些徒弟,都是慕名而来,抱憾而去。他教徒的方法过于怪异,那些徒弟,没有一个能坚持下来的。而我这个不愿叫他师父的徒弟,却坚持下来了。更让我意外的是,从我摸起剪刀,在他头上动手的那一刻起,我就发现,我的坚持,已经跟师娘没有多大关系了。我喜欢上了这门职业。

那天以后,店里来了顾客,宋一北很少动手,都交由我来处理。也许我天生就是干这一行的料,那把剪刀到了手里,有种与生俱来的亲切感,就像是长在我身上的器官。没过多久,我便可以像宋一北那样,凭着一把剪刀,在三五分钟之内,让一个顶着满头乱发的人,变成容光焕发的样子。

我的进步之快,让宋一北也觉得诧异,说青出于蓝胜于蓝,他已经没什么可教我的了。言下之意,只要愿意,我随时可走。

我当然不肯走。我眷恋着师娘。经过一年多时间的朝夕相处,她就像枚钉子,牢牢嵌在我那段青春岁月之中,并引导着我,使我对异性的朦胧幻想,变成一种清晰的欲望。每次见到师娘,就会有一种让我脸红心跳的邪念萌生出来。但我只能苦苦压抑着,使之不暴露出来。这感觉很折磨人,却也让我无法割舍。当然,让我甘心留在店里的,除了师娘,还有规矩。学艺三年,效力两年,这道理我懂,父亲很早以前就跟我说过了。宋一北笑了笑,说规矩是死的,人是活的。

“再说了,你也没叫过我师父。”

我愣了愣,确实如此。在他的指引下,除了理发,我还学会了很多的东西,比如画画、剪纸,以及做人的道理,等等。毫无疑问,我所学到的这些,让我更加自信,同时也让我心里的世界变得更加广阔。从这一点来讲,他算得上是位明师。但不知什么原因,我就是不愿叫他师父。

转眼间我到了十八岁。我的身体又长高了一些,手臂和小腿上的肌肉鼓了起来,嘴唇上多了层细密的胡须,每天早上,裤裆里会坚硬地勃起。小镇也在变化,马路两边,那些低矮的民房被推翻,变成了楼房。小镇长高了,但也因此显得拥挤和喧嚣。电子厂已经建好,几栋蓝色顶棚的厂房立在那里,将整片芦苇荡彻底掩埋。小镇上漫天飞絮的秋日景象,终于成为一个由过去时写就的名词。几根巨大的烟囱从工厂里冒出来,耸向天空,让小镇上弥漫着一股挥之不去的塑胶味。

电子厂开工之后,大半座小镇的人,都成了工人。男男女女穿着整齐划一的工装,以一种崭新的精神面貌,让农机厂那些捧着国企铁饭碗的工人相形见绌。那位投资建厂的台商，成为小镇上的大人物，谈起他时，人们脸上总带着崇敬之情。可是这位大人物我一次也没见过。负责管理工厂的，是从广东来的一个中年男人，个子不高，白白胖胖，整个人看上去就像只刚出笼的馒头。

那个男人常来店里洗头，每天一次，有时两次，开辆红色小车。来了之后，把车停在门前，熄掉火，像只球一样从车门里滚下来，腋下夹只手包，车钥匙勾在手指上，手腕一摇一摇，车钥匙在手指上甩着圈。进门之后，他在椅子上坐下来，把包和车钥匙放好，给宋一北递支烟，身体往后一靠，用生硬的普通话说：洗头。师娘应声走过来，拿块毛巾，卡在他的衣领和脖子之间，再用张塑料布将脖子以下的部位围上。洗发水是他自己带来的，存放在店里。师娘拿只喷壶，在他头发上喷几下，挤上洗发水，抓几把，让那颗滚圆的脑袋上迅速膨胀出一堆泡沫。他闭上眼睛，脑袋随师娘手上的动作有节奏地摇晃着，脸上那副陶醉的神态，仿佛正在回味一件美妙无比的事情。

那时候，小镇上已经有了很多的理发店，比起宋一北的店来，设施和环境都要好很多，那些店都开在人流密集的地方，清一色明亮的玻璃门，向着大街敞开，门两边装着旋转彩灯，正对着门口的沙发上，坐着一些亮丽的女孩，穿着统一的制服，她们的工作是给客人洗头、按摩。这些女孩的出现，让理发店成为小镇人最热衷于谈论的名词。可是那个男人不去那些地方，只来宋一北店里。

他极善言谈，一来二去，跟我们每个人都熟悉了。洗头时，他身子不动，嘴巴却不停地动，夸夸其谈，向我们描述那种离小镇很遥远的生活。从这一点来说，我还是很喜欢他的。可是有一次，我无意中看见，他的一只手从塑料布下伸出来，像只肥硕的猪蹄一样，笨拙地盖在师娘的屁股上。我感到一阵恶心，当即就想把那只手剁下来。我再看师娘，她脸微微红着，没有半点儿生气的意思。她的反应让我相当失望。

我可以确定，这样的猥琐动作，宋一北也看到了。可他就像什么事情都没有发生过一样。他以一贯的温软，跟那个男人保持着友善的关系。他就是个懦夫。在这样没心没肺的男人面前，我不得不时刻保持警惕，替他承担起监视者的角色，密切关注着男人的动向，不让他有更进一步的过分之举。我得保护好师娘。

可是，不该发生的事情，还是发生了。每个月底，宋一北会去趟县城，进理发店里的常用品。往常是一个人去，这次他进的东西有点儿多，需要帮手。起初是想让师娘去，师娘没空，要赶一批剪纸，他便带上了我。我们上午去，在县城里转了一圈，将大部分东西购齐，剩下几样重要的物品没有现货，得从市里调，第二天才能到。宋一北决定留下来等。他给师娘打了个电话，说晚上不回去了。打完电话，他将买好的东西交给我，让我带着先回，他一个人在城里住一晚。

我租了个摩托车，带着两包东西，独自离开了县城。回到小镇时，已是半夜。老街被沉重的夜色笼罩起来，显得更加荒凉，青石板在黑暗中泛着一层凉意。那些狗跟我已经很熟了，从它们面前经过，一声也没叫，都安静地蹲在墙边，望着我，眼睛里发出友善的光。出了老街，拐个弯就是理发店。门关着。我把手里的东西放下来，敲了敲门，没人来开，就掏出钥匙，把门打开了。

我走进去，立马觉察到一种异样，连空气似乎都变了，夹杂着一种动物的味道。旁边的那间房里，传来一阵响动。我定睛一看，两团白色迅速分开，其中一团白色十分臃肿，从床上滚了下来。我赶紧闯进去，后门已经被打开。水声涌进来，将屋子里灌满。这团臃肿的白色闪到门边，扑通一声就跳进了河里。我追到门口，往外面看。中秋刚过不久，月亮饱满地挂在小镇上空，月光十分明净，照着粼粼的河水。我看到一颗脑袋在水面浮浮沉沉，正往对岸游去。

就算是个傻子，也明白是怎么一回事了。何况我不是傻子。我当时的想法是，马上跳下河，追上去把他淹死在水中。可是我看了师娘一眼，就把水中的男人忘掉了。她坐在床上，衣衫尚未来得及穿上，两只饱满的乳房挺立着，被暗沉的光线勾勒出来。屋子里一切都很模糊，这两只乳房却相当耀眼。我顿时愣在那里，感觉有种东西，从全身的血管里迸发出来，像火一样，灼烧着我。

过了好一阵子，她问我："看够了吗？"

我点点头，说看够了。但是我根本就没看够，如此美好的东西，我恐怕一辈子也是看不够的。我甚至想在上面抓一把。但她已经套上衣服，把扣子系上了。她下了床，往河面看了一眼。男人爬到岸上，沿着河堤，一路小跑着，顷刻间消失在月色里。她叮嘱我："这事你别跟他说。"

我说："你放心，我不会说的。"

我履行了对师娘的诺言，没有跟宋一北说。以他的软弱性格，这种事即使跟他说了也没什么用。但是我想，他干不了的事情，我可以替他解决，毕竟我跟了他两年多的时间。再说了，就算把他撇在一边，为了师娘，我也得做点什么。我知道那个男人喜欢喝酒，每次来店里洗头，人未进门，酒味先扑面而来。对我来说，这已经足够了。酒这东西，也是把双刃剑，不少人因酒留名，从酒中喝出世道人情，但死在酒上的人，也比比皆是。我需要的只是一个机会。

大约过了两个月，机会来了。师娘带着一批剪纸，回了娘家。在那座商业繁荣的小镇上，她得待上好几天，直到把这批剪纸卖完。宋一北也到县城里进货去了。如此一来，店里就只剩下我一个人，天时地利都已经具备。这天下午，那个男人照例来店里洗头，进门就问我："你师娘呢？"

我告诉他，回娘家了。他有些失望，转身要走。可是，我怎么可能让他走？我拉住他，说："有好东西，想不想看看？"

"什么好东西？"他问我。

我从柜子里拿出两瓶酒，摆在茶几上。这酒是两年前我父亲买的。我第一次见宋一北时，作为拜师之礼，父亲将酒带到了店里。宋一北放在柜里，一直没舍得喝，就仿佛冥冥之中，特意为了这一天而准备。我解开一瓶酒的包装，将白色的瓶子拿出来。确实是好酒，瓶盖还没拧开，一股浓郁的酒香就已经飘散在屋子里。他的眼睛像两只灯泡那样，瞬间亮了起来。

"茅台啊。"他夺过瓶子，放到鼻子底下闻了闻，说，"至少有十年以上吧。"

我说："不止。"

"那还真是好东西，哪来的？"

"师父存的，好些年了，舍不得喝，师娘让我拿给你看看。她说我们这里是小地方，都是些粗人，只喝酒，不懂酒，你是大地方来的，跟我们不一样，你懂酒。"

"真的？她还说什么了？"

"她还说你会把这两瓶酒买了。"

"多少钱？"

"师娘说了，你自己看着给。"

他打开手包，痛快地数出一千块钱，拍在茶几上，说："这酒我要了。"

我说："师娘没看错人。"

他一脸的得意，但那得意很快就被这两瓶酒给转移了。在满屋子的酒香中，他根本无法抑制住自己的酒瘾。

"你能喝酒吗？"他走到沙发边，一屁股坐了下来。

"能喝点儿，不多，三两杯吧。"

"陪我喝点儿？"

我点了点头。当他迫不及待地拧掉一瓶酒的瓶盖时，我就知道，这个还没开始喝就已经像醉了一样的家伙，已经掉进了我的圈套。

店里只有一碟花生米，没有菜。但一个酒鬼喝酒，是不需要菜的。他用实际行动证明了这一点。我们就这样开始喝，从下午到晚上。我努力克制自己的嘴巴，偶尔喝一小口。他毫无防备，半杯半杯喝着，根本不需要我劝酒。如我所愿，两瓶酒见底时，他非常配合地扑到了地板上，就像一头待宰的猪。我大约喝到五分醉，胆子恰好壮起来，脑子保持着适当的清醒。

我看了看门外，夜色庄严地落在大地上，整座小镇已经沉睡过去，门外的流水声被寂静放大了，听上去十分清晰。我把门关上，从里面反锁，将男人拖到沙发上。为了确定他是否真的醉死，我试探着，狠狠扇了他一耳光。他浑然不觉。我从抽屉里拿出一样东西。是宋一北的剃刀，被一块绒布包裹着。我将绒布一层层打开，一道寒光闪出来，让人觉得发冷。剃刀被磨得非常锋利，我正需要这样的锋利。我揪住男人的耳朵，剃刀按上去，贴着耳根，缓慢地划了半个圈。血瞬间涌了出来，像块红布，将他半边脸包住。他似乎感觉到了疼痛，摸了摸耳朵，可是那微弱的意识，马上就被酒精麻痹住了。他嘴巴里嘟囔了一声，歪着脑袋，又睡死过去。他全然不知，这只耳朵已经离他而去。

突然，一条瘦小的人影闪了进来。我吓了一跳，浑身一抖，手中的剃刀差点掉到地上。转头一看，是宋一北，他从县城里回来了。我很快又镇定下来。

“你干什么？”宋一北大吼一声，声音都变了形，就像被人捏住了嗓子。见到我手中的剃刀，以及男人那张血肉模糊的脸，他手里的东西掉到地上，人和声音一起扑过来，要夺我手里的刀。我闪身避开，指着地上那只血淋淋的耳朵，冷冷地对他说：“这事我替你干了。”

宋一北身体一横，挡在了男人身前，脸上一片惨白，两片嘴唇和嘴角边的肌肉一起抽搐着。这副狰狞的表情，让我突然害怕起来，酒顿时醒了一半。当我看到地上那只血肉模糊的耳朵时，我意识到我的行为已经构成了犯罪。我开始发抖。

宋一北反倒镇定下来。他夺过我手里的剃刀，弯下腰，揪住了男人的另一只耳朵。他的动作比我要熟练得多，手腕一抖，那只耳朵已经到了他手里。血涌出来,包住了广东男人的另半边脸。

“快走,”他说,“记住了,这事跟你无关。”

我说:“我不走。”话没说完,肚子上就中了一脚。我没想到,一个瘦小的人,竟有如此大的脚力,比我父亲的脚力要大得多。我从后门直接飞了出去,掉进河里。那时已是初冬,北风把夜色吹得异常的纯净,一层淡蓝色的薄雾贴着河面流动。河水冰凉刺骨,像很多把刀子一齐往我身上扎。为了不被冻死,我拼命往对岸游去。上岸之后,就更冷了,我不得不一路飞奔,来抵御身上的寒气。到了家门口,才停下来。冷风往身上一吹,我就昏倒了。

醒来时,父亲站在床头。我把半个身子支起来,想下床,却感觉全身乏力。我摸摸额头,发现自己正发着高烧。父亲没说话,拿了只枕头,垫到我背下,又从客厅里打了杯水,端到床前。我接过水杯,喝下之后,父亲把背后的枕头抽掉,将我按回被窝里。我马上昏昏沉沉地又睡着了。

此后我睡了醒,醒了又睡,反反复复,就像跌入一个永远也醒不来的噩梦之中。两天之后,这场高烧才彻底退去。等力气回到身上,我立马起床,要去理发店。父亲淡淡地说,不用去了,他已经被警察抓走。

“那我就更得去了。”我义正词严地对父亲说,并将那天的事情如实告诉了他。我坚持要去自首,把宋一北换出来。父亲吓了一跳,脸瞬间变得惨白,说自首这事不能乱来,得走正常程序,他先给派出所的同学打个电话,帮我打听打听。他让我等着,千万不可轻举妄动。说完他就走到客厅里去打电话。

回来后,我问他结果。父亲搬过一张椅子,说:“你坐下来,听我慢慢讲。”

我坐了下来。他什么也没讲，出其不意地从身后拿出一根绳子，就像扎粽子那样，连人带椅子将我捆上了，任我怎么挣扎，也不解开。

此后的好些天，我被父亲看死在家里，无法出门。等父亲放松看管时，我的满腔正义已经被他的谆谆教导给浇灭了。父亲告诉我，牢饭不好吃，也不能吃，一旦进去了，时间也许只有几年，但那种耻辱却是一生的，就像疤痕一样，会一辈子烙在身上，无论如何都洗不掉。

大约过了半年，宋一北的消息传到了小镇上，判了八年。听到这个消息，我极度惊恐。这时我才意识到，自己年少轻狂造成的后果，有多么的可怕。在我脑海里，八年是个无比漫长的时间概念，而在铁窗之内，这个概念无疑又会被放大成很多个八年。

父亲问我：“还想去自首吗？”

我摇摇头：“不想了。”

父亲说：“你知道怕了？”

我说：“怕了。”

说实话，我确实怕。每当我想起宋一北，脑海中便闪现出他戴着镣铐的样子，以及那个漫长的八年。

我想把他忘掉，想把老街忘掉，想把那间理发店也忘掉，我甚至想过要逃离小镇。但是最终，我一样都忘不了。我也没有离开小镇。我留了下来，并且鼓起勇气，蹬着一辆自行车，回到了老街。我把自行车停在老街尽头的屋檐下，拐个弯，码头和那间平房闪现出来。理发店的门开着，地上一堆凌乱的脚印，沙发和地板上的血迹尚在，无人清洗，变成了黑褐色。可是师娘不在了。旁边那个房间里，该带走的东西，都被带走。她身上那种让我迷恋的气味，也从店里消失。有人告诉我，她跟着那个没有耳朵的男人，去了广东。他说得煞有介事。我不相信那是真的。但我想，她一定去了她该去的地方，她本就不该待在理发店里。小镇不适合她，宋一北也不适合她。

我把所有的门窗打开，让屋子通风，然后把地面打扫干净，沙发擦了一遍，上面的血迹仔细清理掉。我打开灯，将屋子照亮，再转动开关，让顶上的吊扇也缓慢地转了起来。然后我走到沙发边，躺下来，头枕着一边，脚架在另一边。这是我最初见到宋一北时，他向我展示的姿势。我也喜欢上了这个姿势。

慢慢地，又有了顾客，理发店恢复到了以前的样子。有顾客来了，我就爬起来，拿起剪刀，三五分钟将他们脑袋上的事情解决掉。没顾客来，我就窝在沙发上睡觉。那些顾客，也将我当成了宋一北，就仿佛那个昏沉懒散的男人，从来都没从他们生活中离开过。我自己也是这么想的。我越来越像他了，变得和他一样的随意、松垮。只是他的随意和松垮，是出自骨子里的，浑然天然。而我的随意和松垮，却是种表象。我内心始终有种愧疚，像山一样，沉重地压迫着我。我虽在外面，却并不比在里面过得轻松。

不知从哪天开始，小镇上流行起复古之风，男人喜欢穿唐装，女人喜欢穿旗袍。饮食习惯也颠倒过来了，穷人吃肉，有钱人吃素，吃绿色食品。那些推翻了的木房子，又沿着河边开始重建。老街被开发成了旅游景点，成为小镇上最热闹的地方，每天游人如织，青石板上印满异乡人的脚印。那些狗，因见多了陌生人，也变得不再会叫了，像猫一样，整天沉默着。与此同时，手剪慢慢流行起来。我凭着一把剪刀，成为远近闻名的理发师，被冠以“手剪王”的称号。不断有人慕名前来，想在店里学徒。我断然拒绝。自己都无师承，哪来资格收徒？我确实跟了宋一北两年多，可我从未叫过他一声师父，他也从未以师徒之规约束过我。我们有师徒之实，却无师徒之名。

时间就这样向前走着，一年快似一年。我从一位毛毛躁躁的青年，慢慢变成了一位沉默寡言的男人。我像宋一北一样，整天垂头丧气，死气沉沉，唯一具有活力的时刻，是在我摸起剪刀之时，那时我会变成别人眼中的手剪王。有一天，我在沙发上躺着，一个五十多岁的男人走进来，留着光头，胡子却乱糟糟地从两腮旁挂下来，盖住了大半张脸。粗一看，我竟没认出他来。他走到镜子前，在椅子上坐下。我从沙发上起身，甩开一块围布，系在他脖子上。我对着墙镜，仔细打量着这个男人，当我将那张脸从镜子里辨认出来的瞬间，我的心和手忍不住开始颤抖。

他说："没出息，当年的狠劲到哪儿去了？"

这么一说，我的手瞬间又稳定住了。我拿出一把剃刀，打上泡沫，开始动手。剃刀吱吱响着，片刻之间，他的脸变得光洁起来，透着一种在阴暗中养出来的嫩白。这张脸让我非常诧异，八年铁窗生活，他居然比当年还年轻了许多。我解开围布，把剃刀收好。他站起来，对着镜子，抚摸着光洁的下巴和脸，慢慢地，一丝笑容挂在了这张脸上，显得是那样的欣慰和满足。他说："你出师了。"

这话让我鼻子陡然一酸，眼泪夺眶而出。我知道，从这一刻起，我真正成了一名理发师。我在他面前跪下来，恭恭敬敬地叫了一声："师父。"

2017 年 8 月

唢呐不哭

父亲手里擦着的那样东西有点儿怪，杆很长，黑黑沉沉的，看上去十分陈旧，底部的铜喇叭却很新，油光锃亮，在暮色里散发出昏黄的光晕，就仿佛是一圈轻微的涟漪，把一种古老神秘的气息荡漾出来。即使是看不清楚，李梁也知道，被父亲搁在膝盖上的，就是那只被父亲珍藏了多年的唢呐。在昏暗阴沉的光线里，父亲屏气凝神，他手里的那块抹布小心翼翼地落在上面，用力格外地轻，就仿佛正在擦拭一个刚出世的婴儿。这时候的父亲低头弯腰，两条膝盖紧凑地并在一起，他的脸被一层夜色笼罩着，李梁看不到父亲的喜怒哀乐，但父亲的眼睛是那么明亮，就仿佛两颗被嵌在煤炭中的宝石。李梁忍不住这么想，在父亲身上，这双眼睛也许就是唯一还能闪光的地方，它至少还能证明，父亲仍然是活着的，尽管父亲已经老了。

李梁朝父亲走了过去，村子里有很多天没下雨了，这块土地就像烧饼那样干裂着，李梁听到自己的脚印沙沙沙地陷在尘土里，转瞬间就碾碎了很多细小的东西，他还感觉到干燥的尘土正在像烟雾一样从他脚底腾起。李梁忍不住咳嗽了两声。父亲手里的动作停住了，父亲把唢呐摆在膝盖上，抬起头，一动不动地看着李梁。父亲的目光生硬而且茫然，就像是两枚生锈的钉子，把李梁钉在一种冰凉的氛围里。

父亲问李梁,还没睡?

李梁说,屋子里蚊子多,睡不着。

父亲就将唢呐放下了,从口袋里摸出烟盒,问李梁,要不要来一支?

李梁说,不要,早就戒了。

父亲抖动肩膀咳嗽两声,然后清清嗓子说,戒了好,你还年轻。

李梁抱紧胳膊,在父亲身边蹲下了。乡村里的夜色很凉,天地间都是通透的。李梁举目四望,环绕在村庄四周的山丘就像波浪那样在夜幕下起伏不定。在山丘的后面,是另一片地势更高的山丘,一些农田像阶梯似的排列在上面。父亲摸摸索索地掏了一支烟,叼进嘴里,用火机点上了。乳白色的烟雾一圈圈升起来的时候,父亲脸上的轮廓也在明灭不定的火光里凸现出来,有点恍惚,就犹如一尊被风雨侵袭了很多年的雕像,外表苍凉但质地仍然坚硬。就是在这短短的一瞬间,李梁猛然发现,父亲打火的动作比以往迟缓了许多,举手投足间露出老态龙钟的迹象。

父亲究竟有多长时间没有碰过这支唢呐了?在李梁记忆里,父亲摆弄唢呐的形象大概还停留在十多年以前。那时候的父亲还是年轻的,脸庞虽然也跟现在一样黑瘦,但棱角分明,没有一丝皱纹,无论是站着还是坐着,父亲的腰杆总是挺得笔直,就像一杆标枪那样插在那个穷困潦倒的时代里。李梁记起每年的秋天,父亲都会从山上砍来一些芦苇,等阳光灿烂起来的时候,父亲将芦苇丢进锅里,用文火慢慢地煮上一两个小时,然后捞出来,放在阳光下曝晒至干。到了晚上,父亲再把芦苇一根根收起来,用一块锋利的刀片将其切割成段,这就是父亲制作唢呐哨子的材料。也有不用煮的芦苇，父亲将它们悬挂在屋檐下，让风慢慢地吹干，直至发白，变得坚韧无比，这个风干的过程短则一年，长则两到三年，这种方法制作出来的哨子音质较好，但因为耗时过长，父亲很少采用。父亲认为，对于一名出色的唢呐手来说，决定他是否出色的因素，应该是他本身的吹奏水平，而不是哨子。等哨子的材料备好之后，那小段小段的苇秆上面，还得密密匝匝地缠上许多圈细小的铜丝。这些琐碎的工作，向来都是由父亲一手完成的。父亲貌似粗鲁，其实内心极为细腻，他粗壮的手指在铜丝间游走的时候，一点也不显得笨拙。哨子制作好了，最后还得试音，这大概就是父亲最辉煌的时刻。父亲将哨子套上唢呐，嘴巴衔着哨子，双臂稳稳地托起唢呐，头猛地往后一仰，鼓起两腮，手指灵巧地敲击着一排音孔，唢呐嘹亮高昂的声音饱满地回荡在村庄里。

以往的时候，就是凭着那支唢呐，父亲受到了村人们的尊敬。父亲在村子里为年轻人接亲送亲，或者是走在一支送殡的队伍里，高举唢呐为老年人送葬安魂。那时候父亲的唢呐吹得真是好，碰上喜庆的时候，父亲吹出来的曲子也是欢腾跳跃的，高亢的唢呐声在村庄里响起的时候，就仿佛有一伙人在开怀欢笑；而碰上丧事的时候，父亲曲调一转，唢呐声就变得哀怨悲凉了，幽幽的唢呐声回荡在四乡八野，就像有许多人在一起失声痛哭。父亲的唢呐声曾经为自己划下了一个时代。在那些年里，村子里一旦遇上红白喜事，父亲所占据的位置就跟他手里的那支唢呐一样，总是闪闪夺目的。在李梁看来，那时候的父亲就是一座山，显得那么高大那么伟岸。可是现在，父亲的那种形象早已不复存在了，经过年轮的洗刷之后，父亲成了一张年代久远的黑白照片，正在发黄、褪色，父亲身上被岁月打上了形形色色的衰老印记。李梁不由得有点儿怀疑，现在的父亲，还能吹响这支陈年的唢呐吗？这大概是不能的，现在的父亲，连走两步路都会气喘吁吁。自从放下唢呐之后，父亲就学会了抽烟，而且抽得很凶，一天到晚几乎是不断火。陈年累月下来，父亲作为男人的刚强形象早就被一种廉价的烟草气息所取代了。李梁联想到了父亲再次吹起唢呐来的那种情景，也许就像有人在拉扯一个嘶嘶作响的风箱，那种声音应该是苍老的，是锈迹斑斑的。

李梁看到月亮从云层里钻出来了，天色一亮，被夜幕笼罩的村庄便陡然明朗起来，那远远近近的山丘，被月色烘托出来之后，就如同一些陈年的往事，似乎一下子都涌到了李梁的眼前。这时候父亲已经收起了唢呐，李梁看到那道昏黄的亮光一闪而没，父亲的脸色一下子便黯淡下来，仿佛离开了唢呐，父亲身上那丝仅存的活力也就跟着消失了。父亲的目光盯住村子里那条惨白的公路，它蜿蜿蜒蜒地伸向另一个村庄，那里同样是片被山丘遮挡住的地方，似乎不太远，能隐约看得见灯火亮起的迹象，父亲的目光和那条公路延伸到山丘上就被掐断了。正是月光下的这条公路，让孤寂的乡村变得热闹和生动起来，它像链子一样，弯弯曲曲地串起了四周的许多村庄还有小镇，以及远在数十公里之外的城市；也正是这条公路，将为父亲迎来明天的婚礼。明天，那个女人就会来到家里的，会成为他们家中的一员。李梁见过那个女人一次，没留下多少印象。也许在他的意愿里，他是不想见到那个女人的，每次面对父亲的时候，李梁总会想起母亲。母亲在很多年前被车撞死了，母亲活着的时候无灾无病。在李梁的记忆里,母亲活着的时候是个端庄漂亮的女人,可是死的时候,却面目狰狞,她瘦小的躯体被车轮碾成一块模糊的肉饼,显得十分触目惊心。母亲死时的模样,令李梁感到无比震撼。从那时起,母亲就在李梁幼小的心灵里打上了一记沉重的问号。母亲当年为什么会惨遭横祸呢?这恐怕是不能单单用人有朝夕祸福这一宿命论来解释的。即使到了今天,李梁也没能弄清其中的缘由,他只能大致猜测,母亲的死或许是跟父亲有关。正是这个原因,这么多年以来,李梁才对父亲耿耿于怀。

母亲是个瘸子,两条腿长短不一,这曾经是个令父亲倍感自卑的事实。因为不愿意使用拐杖,母亲走路的姿势是那样的古怪和可笑,她先是慢慢地迈出那条长腿,艰难地把身体支高,等那条短腿跟着甩过来落在地上的时候,母亲重心一偏,就像是踩空了那样,身子猛然低矮下去。那时候,每次听到那轻重不一的两条腿在地面上敲过来时,李梁总感觉母亲的那双脚不是走在地上,而是从他心坎上踏过来的。很小的时候,李梁就能感觉出村里人对母亲的歧视,而这种歧视似乎是有延续性的,很自然地,就从母亲身上延续到了李梁的身上。别人看他的时候,仿佛看母亲一样,眼神里充满同情、怜悯,或者是带着轻蔑和嘲笑。这一切,李梁很快就坦然接受了,那时候他毕竟只是个孩子,对世俗人情还没有具备敏感的洞察能力。在他眼里,母亲永远都是个富含温暖和关爱的名词。可是,对于母亲的缺陷,父亲却是无法坦然接受的。仔细想一想,这也情有可原,父亲用唢呐替别人接过无数次的亲,也送过无数次的亲,他从远远近近的地方,把许多健步如飞的新娘子接回村子,或者是从村子里,把许多四肢健全的新娘子送进别人的洞房，父亲的唢呐声曾经是那么愉悦地飘荡在村庄里，可是轮到那支唢呐为自己吹响的时候，却带上了某种悲凉的意味。依父亲当时那种穷光蛋的身份，他的确也只能娶到像母亲那样的女人，然而父亲却没有认命，那场婚礼并没有给他带来应该有的喜悦，母亲身上的缺陷，使父亲开始了自己郁郁寡欢的生活。从那时候起，父亲对唢呐的态度就没那么热诚了，虽然他也会隔三岔五地摸出来吹一吹，但只是奔着那些红包而去的。后来父亲索性不吹唢呐了。父亲跟着一伙淘金者去了北方的一个金矿。临走的那天，父亲喝了不少酒，因此父亲的声音是有些结结巴巴的。母亲牵着李梁，将父亲送到车站。父亲挥挥手，对母亲说，回去吧，这次出去，我要赚很多的钱回来。

母亲说，钱是身外之物，生不带来，死不带走。

父亲说，没有钱，就治不好你的腿。

这时候母亲浑身一抖，像是被什么刺中了一样，牵着李梁的那只手忽地攥紧了。汽车开动之后，当父亲再次望向他们母子的时候，母亲良久地站在那里，神色仓皇，像个哑巴似的垂头不语。现在回想起来，那也许就是母亲死前的一个征兆。父亲走了之后，便如黄鹤一般杳无音讯。然而母亲是坚强的，把母子的生活安排得井井有条。大概是两年之后，李梁和母亲才有了父亲的消息。有个跟父亲一起出去的淘金者回到了村子里，他一脸沉重地告诉李梁和母亲，父亲所在的那片矿山崩塌了，父亲和数百人被埋在地下，九死一生。母亲当时晃了一晃，眼看就要倒下，母亲伸出双手抓住了门框，把十个指甲嵌进坚实的木头里。她甚至没有像大多数女人一样，在噩耗面前号啕大哭。母亲说,他不会死的,我的腿还没治好,他怎么能死呢?他一定会回来的。在那段时间里,村子里所有的人都相信李梁父亲死了,只有母亲一个人不相信。每天黄昏的时候,母亲都会跑到镇上的车站去等父亲回家,一直等到天黑。直到一个酒鬼驾着一辆车子将母亲撞倒在地,母亲才终止了这种望穿秋水的日子。母亲死了。令李梁感到意外的是,父亲却还活着。母亲死后不久,父亲安然无恙地回到了村子里,他的确是赚到了许多钱,算得上是衣锦还乡,可是父亲却永远也治不了母亲的腿,他赚来的钱,只能为母亲修葺那座青草丛生的坟墓。

母亲死后,父亲多年未娶,这一切都是李梁的意思。这些年来,李梁一直无法原谅父亲当年抛妻弃子去淘金的行为,他隐隐约约地觉得,母亲当年的死,也许就是父亲所设下的一个圈套,而那个通风报信的人,只不过是父亲的同谋。在怀恨父亲的同时,李梁也本能地排斥着母亲以外的任何女性。李梁觉得,生活在父亲身边的女人,只能是母亲。母亲车祸死了,那是父亲为自己种下的苦果,他理应承受起这种折磨,从而为自己当年的行为赎罪。可是明天的那场婚事,却是李梁替父亲答应下来的。女方来家里提亲的那天,李梁跟着媒人去了女方所在的村子,那天他没看清楚她的面目,只是远远地看到她在门前走动,然后是一种熟悉的脚步声传来,那女人的一双脚就像两只大小不一的锤子,一轻一重,错落有致地敲在李梁的耳膜里。这时候李梁立即就停下了。这女人走路的姿势,以及她的脚步声就像一面镜子,让李梁从中窥见了母亲当年的模样,他想也没想,就武断地替父亲应下了这门亲事。令李梁感到有点儿意外的是,对于这场婚礼,父亲既没有反对,也没有表现出多大的欣喜。也许是父亲到了这种年纪,对这个世界早就已经麻木了,任何事情,都无法激发出父亲心中那种大喜大悲的情绪。

父亲只是淡淡地对李梁说,你能不能让我吹次唢呐?

李梁愣了一愣,说,现在流行西洋乐器,大号长号小号,还有铁皮鼓。

父亲说,我讨厌那些东西。

李梁便答应了,他不由得为父亲感到悲哀,父亲活了这么大半辈子,他脑子里唯一还牵挂着的东西,大概就只有那只唢呐了。当天下午,父亲就将唢呐从箱子里翻了出来,也没见他吹,只是翻来覆去地擦拭。父亲唠唠叨叨地告诉李梁,唢呐也是有灵性的,放在别人手里,那只是一块废铜烂铁,只有懂唢呐的人拿着,它才是一支唢呐。

李梁嗯了一声,算是承认。他想到了母亲的那次婚礼,虽然他并没有亲眼看见过那种惨淡的场面,然而有件事情却是不容置疑的,父亲为自己吹奏唢呐时,一定是他一生之中最为失败的一次表演。李梁想,父亲当年为自己接亲的时候,拿在手里的,也算支唢呐吗?

父亲问他,你还想着你娘?

李梁点点头,把目光移到远处,不说话了。夜晚渐渐凉了起来,李梁看到风从山丘上掠过来,把覆盖在山丘顶端的一层树木摇动了。

父亲说,这么多年过去了,该忘掉的,就把它忘掉吧。

李梁说,很晚了,去睡吧。

父亲说,明天会出太阳的。

李梁说,是的,明天你会吹得很好的。

父亲点点头，拎着唢呐走进了自己的房间，没多久，他就睡了。李梁躺在床上听着父亲从隔壁传来的鼾声，那声音起伏有致，显得那样的平稳和安详。对于明天的婚礼，父亲似乎只是个一无所知的局外人。

迎亲的队伍很早就出发了，村里村外都是雾，在一层层雾气的遮掩之下，这条路漫长得似乎没有尽头。李梁知道，等一会儿，太阳会出来的，会把父亲的这场婚礼照亮，让每个人都能看到父亲脸上的表情。从浩浩荡荡的脚步声里，李梁可以分辨出来，前来迎亲的人不算少。这些帖子都是李梁散发出去的，村子里该叫的人和不该叫的人，李梁都叫上了。对李梁来说，这一天是特殊的，母亲在父亲生命里空缺出来的那个位置，自此将由另一位与自己毫不相干的女人占据；对父亲来说，这一天同样是特殊的，从今以后，父亲将开始新的生活。对于这一切，李梁不知道萦绕在自己心间的那份情绪到底是喜还是悲，也许是两者兼而有之，或者是两者都没有，他跟父亲一样，对这场婚礼的态度根本就是茫然的。

昨天晚上，李梁在镇上请来了两套鼓乐班子，一套是依自己的意思请的，这伙人吹打的是一套西洋乐器，场面浩大宏伟，显得十分上档次。另一套则是按父亲的意思拼凑起来的，无非是几面锣鼓，外加两支唢呐，看上去是那样古老、穷酸和落魄，仿佛一下子就能把人拉回到遥远的过去。在李梁看来，这样的班子早就应该被淘汰的。李梁是从音乐学院毕业的，在大学里学的是声乐，也许是因为父亲是个唢呐手的缘故，李梁向来看不起传统的民乐。可他还是把这套古老的吹奏班子凑起来了，而且李梁发现，他们吹奏起来的时候，水平一点也不比十多年前差。李梁记得父亲曾经说过，有些东西，一旦迷上了，是想丢也丢不掉的。父亲说得不错，虽然那些东西现在已经上不了台面，可在这村里村外，李梁还是经常能听到有唢呐像哭丧似的被吹响。其实父亲又何尝不是这样呢？这些年来，父亲忘记了很多的人和很多的事，可是那支陈旧的唢呐，却至今被父亲当作宝贝珍藏着。李梁可以设想出来，在父亲郁郁而睡的那些晚上，那支唢呐会是怎样地在父亲的梦中频频响起。

除了两套鼓乐班子，李梁还请来了十多辆汽车，以及拉拉杂杂的一大队人马。嘈杂的人群和车辆混合在一起的时候，整个迎亲的场面便显得热闹而且滑稽。在最前面的是一辆丰田汽车，车身上贴满花花草草，如果从远处一看，这根本不像一辆迎亲的车子，反倒像一个为死人准备的花圈；排在最后的也是一辆丰田汽车，同样贴满花花草草，在一前一后的两辆汽车间距里，还有八九辆面包车，男男女女则跟在车子两边，在车轮扬起的尘土中缓缓而行。

新娘所在的村庄就在一排山丘的后面，太阳升起来了，雾气正在缓缓散开，也许是光线充足的缘故，坐落在山丘后面的那个村庄比晚上看起来更加近了，那一片片鱼鳞似的屋顶，看上去似乎近在眼前。可是真正走起来的时候，却花了不少的时间。也许是人多的缘故，整支队伍拥挤不堪，不时有脚尖和脚跟踢在一起，时间似乎就过得慢了一些。刚出发的时候，这支队伍还是中规中矩的，可是时间一长，随着气氛的活跃，这场迎亲仪式便已然没有了严肃喜庆的气息。在李梁看来，这更像一场十足的闹剧。趁着鼓乐班子停歇下来的空当，路上有人说起了黄色段子，他们出奇地胆大，口无遮拦，将从碟片上看到的某些场景复述出来。迎亲的队伍便开始嬉笑怒骂起来，场面立时混乱不堪。李梁时不时看到，有些男人就像无赖那样，把手偷偷摸摸地拂过某个女人的胸部，或者是掐住某个女人的屁股，而这些女人并不恼怒，只是夸张地笑笑，或者是心安理得地承受着这种来自异性的骚扰，神态自然得就跟平时逛街一样，仿佛这屁股就是让男人们摸，让男人们掐的。李梁想，这就是变化之中的乡村吗？他想起了镇上那些雨后春笋般的发廊，想起了流传在乡村里的花边新闻，还想起了许许多多不可思议的事情，一种难以言明的感觉便像蛛网一样将他缠绕了起来。对于乡村的这种变化，他不知道自己到底是应该感到欣慰，还是应该感到愤怒。李梁不禁有点儿茫然。李梁想，从以前数次阻止父亲再婚，到今天自己亲自为父亲安排这场婚礼，他做的这一切也许是错误的，跟眼前的这些人比起来，父亲似乎并没有做错什么，至少今天的父亲仍然是善良的，能够安守本分，与李梁心目中的乡村融洽相处。

父亲拎着那支唢呐，慢慢腾腾地走在队伍当中，他一点也不像是今天这场喜事的主角，看上去是那么的木讷和沉默。走到一半的时候，两支鼓乐班子暗地里开始了比拼，这时候迎亲的队伍总算安静下来。从场面上来看，西洋乐队应该是占据了上风的，他们吹奏的是时下流行的通俗歌曲，一曲《纤夫的爱》响起来的时候，人群便潮水一般往西洋乐队那边涌去，男男女女和着乐队的节奏，在路上放声高歌。号手们便吹得更欢了，长号短号争相呼应，显得奔放而又充满活力。而父亲他们的队伍很自然地被冷落在一边，当唢呐叫起来的时候，这种欢腾的场面顿时黯然失色。左右两套班子就如同拉锯似的交替喧闹着,李梁觉得自己面对的简直就是两个不同的时代。父亲的确是退化得很厉害,他不再是这支队伍里的焦点,那支唢呐衔在父亲嘴里的时候,就如同一只老迈的乌鸦叼着一块沉重的石头。父亲似乎意识到了什么,在整个迎亲的过程当中,他的头自始至终垂着,眼睛盯住脚底下的路,看上去不堪重荷。父亲手里的唢呐响起来的时候,那声音是沙哑的、低沉的。父亲今天吹奏的曲子是《离娘家》,在李梁的记忆里,这原本是一支格调轻快的曲子,不知道被父亲吹过多少回了。以往,父亲能从这支曲子里吹出一片欢声笑语。可是今天,这支曲子却是哀哀怨怨的,这四周的空气中就像飘浮着一堆幽灵。有那么几次,李梁差一点就想将这支队伍截下来了。然而李梁没有这么做,这毕竟不是儿戏。

很快就来到了新娘所在的村子,人群和车辆一起堆积到那户人家的门前。李梁看到新娘子已经站到门外了,由两个女人搀扶着,脸上化了妆,也许是过多的脂粉掩盖了她的实际年龄,看上去,她似乎比父亲要年轻许多。她显得有些激动,一双眼睛在人群中不断搜寻着,就像两根绳子那样,似乎想一把就将什么东西拴住。当新娘子的目光落到父亲身上的时候,她的两只脚也不由自主地跟着跨了出来。若放在平时,这似乎是件再也正常不过的事情,可是在这个时候,迎亲的队伍却爆发出了雷鸣般的笑声。他们疯狂地叫着喊着,老李!老李!紧接着是一片嘲笑声把父亲淹没了。李梁赶紧别过头去,他怕看到父亲的那张脸。李梁想,这时候的父亲,应该是一副行将崩溃的样子吧,父亲生命里这一前一后的两个瘸子,简直就是两把凌厉的刀子,是可以将父亲分解、将父亲绞碎的。李梁的心慢慢地揪紧了。父亲该怎么办?

又过了一会儿,从众人嘴里发出的嘲笑声渐渐弱了下来,他们开始七嘴八舌地议论起眼前的新娘,议论起李梁的母亲,感叹着这尘世间的巧合竟是如此的令人匪夷所思。李梁回过头从人群聚散的间隙里偷看父亲的时候,他突然被一种突如其来的力量震慑住了。李梁发现父亲脸色红润,两眼放光。在李梁的记忆里,他从来都没有看到过这么一张布满幸福的脸。这时候,李梁陡然明白了,他为父亲所设下的这一切,其实早在父亲意料之中,在李梁看到新娘子之前,父亲其实早就见过她了。父亲之所以能爽快地应下这门亲事,与其说是为了结束自己漫长的单身生涯,不如说是对李梁母亲的一种怀念。

李梁的眼睛慢慢地模糊了,在一片光和影的闪动里,他看到父亲落落大方地走到了新娘子面前,猛地把头一仰,唢呐指向天空。父亲鼓起两腮,唢呐在他嘴巴里欢快地叫了起来。喜气洋洋的气氛把一大片嘈杂的声音压了下去。

李梁发现,只是那么一眨眼的工夫,父亲便犹如还魂转世一般,猛然抖尽了一身的苍老气息。他变得容光焕发,变得年轻起来。父亲的唢呐声仍然跟以往一样嘹亮明快。父亲吹得真好。

2006 年 11 月

天　籁

那时，我确实没有听到什么歌声。我不是个聋子，为了证明我不是个聋子，我指着脚底下的那条马路。那里车流如织，马达声和喇叭声杂乱地交织在一起。这些声音离我站立的地方至少有五十米，但我仍然能清楚地分辨出来。

我说，喇叭叫得最欢的是辆红色大巴，是吧？石岩点点头，他也听到了。那个路口塞起来了，一辆红色大巴正在焦灼地催着堵在它前方的车辆，喇叭声有点儿撕心裂肺。可是，哪里来的歌声？我说，你大概是听走耳了。

不可能，石岩说，我不可能听走耳的。石岩要我再听听，他耸耸肩膀，把灰浆担子从左肩换到右肩，腾出一只手来捅捅我的胳膊。你得再听听，认真听听，骗你我是狗娘养的，她真的在唱歌，他说，听到了吗？

我停下来，竹架板在我脚底下晃了晃，它总在晃，我们走在这上面，就像走在一座铁索桥上。我竖起耳朵，努力从那片嘈杂声中寻找歌声的来源，最终一无所获。我耳里杂乱鼓噪着的声音，把整座城市的喧嚣都装进去了，就是没有歌声。我毫不怀疑自己的听力。我再看看远处，在那里，海天相接，银色的浪涛起伏着从海面上滚来，一层层涌向岸边的沙滩。这座城市的海岸线很长，被浪涛镀上一层银色，曲折着从南边延伸过来，拐个弯消失在一座山的背后，潮汐声若隐若现。

我和石岩是两个建筑工。石岩听到歌声传来之时，我们正挑着装满灰浆的黑色塑料桶晃晃悠悠地行走在高空。我们沿着固定的轨迹来来回回，一整天都是这样，一整年也是这样。偶尔我会认为，在这里，时间是毫无规则的，有时静止不动，有时跳跃着前行，呼啦一下，就从我们忙碌的间隙中蹿过去了。这得看我们的心情。

我和石岩的心情都很好，所以时间过得相当快。太阳从头顶走过后，由白亮转为橙色，沉到我们脚底，像只硕大的橘子悬在地平线上，被晚霞紧紧包裹起来。目光再拉近一些，是被视线浓缩后的城市，头一低就可以俯瞰到。我眼中的街道，就像镶在田野中的阡陌，纵横交错。很多次我都有这样的错觉——这座城市就是个棋盘，而那些高楼大厦和街道，是棋盘上的格子，坚守在各自的位置上，岿然不动，我们则是棋子。

那时我满脸是汗，我抹了一把甩在脚边，一低头看到许多细碎的水珠从高空往地面滴落。石岩也满脸是汗，他用袖子直接擦掉。他从头到脚都是灰和泥，那张脸就像块沾了墨汁的玻璃，越擦越花。他妈的，听不到算了，他说。他把肩上的担子卸下，指指我的耳朵，说，你那里肯定有问题。他怀疑我的听力。他说他分明听到了歌声，很清晰的歌声。他把袖子卷起来，又擦了把脸，坐在那里喘粗气。他在等天黑下来。他的脸更花了，有点儿像京剧中的脸谱，只是毫无章法。

天黑下来，我们就可以回到地面。那是最后一天，那时，我们只要干完手里的活，石岩就可以离开工地，回到湖南老家去结婚。而我也没打算再干了，我准备用手里的积蓄，回家乡去做点小本生意。我是来帮石岩的，结婚是件喜事。我们心情好，就是因为这件喜事。我们最后的任务就是那两担灰浆，从吊车里舀出来，挑到这个楼层的房间里去，粉刷工人会将它们粉刷在墙壁上。这段距离也不近，围大楼走一圈。可是对我们来说，只不过是一支烟的工夫。为了回家结婚，石岩向工头请了一周的假。工头答应了，条件是在一周之内把两周的活干完。在工头眼里，石岩跟一台机器，或是一头牛没什么分别；当然，我，以及许多像我这样的民工，也跟机器和牛没什么分别。

石岩答应了。为了完成工头分配的任务，石岩已经咬紧牙关，不分昼夜地干了七个白天五个通宵，眼睛肿成了两只灯泡。像他那样干下去，是个铁人也会垮掉的。更何况他不是个铁人，他有血有肉，体格看上去还没有我粗壮，所以他快要垮掉了。挑着担子的时候，他像个建筑工人，担子一卸下来整个人就像是纸扎的，我担心随便一阵风都能把他吹起来。

给我根烟，他说。他把手伸到我面前。他是个烟鬼，那几天他光顾着干活，很少抽。我已经有四五个小时没抽过烟了，他说。说话的时候，有风呼啸着撞过来，将大海的咸湿气息带到我们跟前，他就像被搡了一把，身躯晃了晃。我伸手去扶他。又吹过来一阵风，我鼻腔里开始弥漫着大海的气味，那一瞬间，我仿佛看到了无数的死鱼、海藻、珊瑚、贝类，还有各种各样的生物在海水中安静地腐烂。石岩说过，腐烂也是有声音的，他的听觉很敏感，他说腐烂的声音很轻微，像是用手术刀在肢解某个器官。想到这里，我胃部有些难受，就像突然间装进了许多把刀子，一股酸水涌上来冲到嘴边，我耸耸喉结将它咽下。

起风了，我对石岩说，你休息，我来。我眺望远处，一股风贴着海平面疾卷而来，掀起巨大的浪花，一层叠着一层，将大海的磅礴气势展露无遗。我把烟递到石岩嘴边，弯腰去抓他的担子。他看上去就快撑不住了，摇摇晃晃的，像是要散架。我怕他会出什么事，我想一个人把剩下的这点活干完。

他屁股一撅把我拱开，叼上烟，把火点着，猛吸一口站起来，一弯腰，再直腰，把灰浆担子甩在肩上，他振作精神从我身边绕过去走到我前面。他说，要是连这点力气都没有，回家后我怎么跟我女人洞房？

他又吸了口烟，脸前腾起一阵白色烟雾，在空中摇曳两下被风吹掉。他走得更快了，两条腿频繁地交替着。我的目光从他肩膀两旁掠过，前方是另一栋正在动工的楼房，被绿色的安全网拦着，暗灰色的水泥墙面若隐若现。在我想象里，这些尚未完工的建筑，就像些披着薄纱的裸女，等完工之后，她们将换上由瓷砖，或者玻璃幕墙做成的华丽衣服，仪态万方地装点这座城市。

我挑着担子跟上石岩的节奏，竹架板又晃了起来。它总在晃，只要我们还站在上面就停不下来。天有些黑了，我们脚下的城市被依次亮起的灯火辉映成五彩的颜色，就像是童话中的世界。可那是别人眼中的城市。我们是建筑工人，看不懂这些。我们眼中是一条条由竹架板铺就的道路，总是那么漫长，左看右看看不到尽头。我一步也不想挪动了，脚像钉子一样沉甸甸地往下扎。我想石岩也是，可我们仍然得走下去。明天,我得陪石岩回家,去参加他的婚礼。而且,我也想看看他的女人。那时,我还没见过石岩的女人,只见过她的照片。石岩在深圳待了五年,那张照片也寸步不离地跟了他五年。在深圳,这张照片就是石岩的老婆。而我,连张照片也没有。

夜更黑了,暮色像铁一样往地面沉坠下来将我们罩住。工地上的路灯亮了起来,仿佛一群萤火虫围着楼房飞舞。我和石岩挑着担子,像两条鱼一样无声无息地在昏黄的灯光里潜行。石岩突然停下来,很突兀地问我,你睡过女人吗?我心里摇晃一下,一股热气从裤裆里升起来。当然,我也是有欲望的,而且很强烈,但我只能把那些欲望强行压住,就像用灰浆覆盖斑驳的墙面。

石岩扭过头,把肩膀上的灰浆从右肩换到左肩,还没等我回答,便迫不及待地告诉我,我他娘的睡过,就是跟她,一个晚上睡了七次。他指了指口袋,再把那担灰浆从左肩换到右肩。女人的照片就在石岩的口袋里。在我看来,那已经不是一张照片,而是一个活生生的女人,或者,是他身上的一个极为重要的器官,离开了它,石岩也许活不下去。照片上的女人样子不错,白白净净,脸上半边酒窝,头发很端庄地披在肩上,微张着嘴唇,从照片上向我们露出浅笑。照片的背景,是一栋两层楼的瓦房,外墙镶着白色瓷砖,看起来不小,在如今的农村里,算不上气派,但也绝对不差。那是石岩的房子。石岩干建筑已经有十多年了,以前的时间,变成了这栋瓦房,而在深圳的这五年,则变成了照片上那女人的医药费。也就是说,那张照片,把石岩半辈子的奔波劳累全收括进去了。那就是石岩的女人,是个哑巴,后天造成的。石岩跟我说过,她七八岁的时候就喜欢唱歌,歌声悠扬婉转,成天就像只活泼的夜莺穿梭在村庄里。石岩从八九岁起，就爱听她唱歌。到二十多岁的时候，女人唱不出了。女人生了一场病，声带坏了，成了哑巴。石岩想把她治好，他相信这辈子他一定能把她治好。我佩服石岩的精神，他的性格就像他的名字一样坚硬。可是，这谈何容易？在我看来，照片上的这女人，简直就是个无底洞，把石岩五年来的时间和血汗，一声不哼地全吞噬了。石岩耳中听到的歌声，就是那女人唱出来的。这让我难以置信，歌声远在千里之外，而且是出自一个哑巴之口，这无论如何是种谬论。石岩能听到，我却听不到。我多少懂点医学知识，无论先天还是后天的，哑巴治好的可能性并不大。但石岩坚信这世间会有奇迹。

我相信她已经好了，石岩说，你听，她在唱歌。他蹙起眉头，努力向我描绘着她唱歌时的样子。他说她的歌声很奇妙，歌声轻柔的时候，从她的歌声里，他能听到雪花鹅毛般往大地飘落，能听到夜风吹过苍翠的竹林，还能听到蝴蝶振动翅膀绕着花丛飞舞；当歌声由低音转往高音时，他能听到滔滔洪水奔过河谷、水花怒卷起来击打河边的堤岸，能听到有一辆火车从铁轨上隆隆驶过，还能听到牛群甩开蹄子在田野间竞相狂奔……他用手势向我比画着。说完他闭上眼睛，如同老牛反刍一般细细回味着这些声音。

他描述的这些声音我都熟悉，那是属于家乡的声音。可这里不是家乡，我听不到。这里是深圳，深圳的声音是什么？我往夜色里倾听，我耳朵里拥挤着的，是这城市里即将开始的夜生活前奏——来自酒吧的轻音乐、海边的喧闹、夜市的嘈杂，以及汽车在停车场泊下时马达逐渐熄灭的声音。诸多声音交杂在一起，就是没有女人的歌声。

我不是石岩,我听不到那女人的美妙歌声。也就是说,我耳朵里没有女人,也没有家乡,只有深圳——一座繁华而又快节奏的城市。这些关于深圳的声音,我倒是听得很真实,我耳中的每一种声音都像是一条粗大的鞭子,抽打着生活在这里的每一个人向前奋力奔跑,这闹闹喳喳的城市里面又哪来的歌声?

真的没有歌声,我对石岩说,也许是我听不到吧。我腾出一只手来,指了指耳朵,说,它可能真的有问题。我把灰浆担子换了个肩,脚下的竹架板又是一晃,它总在晃。

你不相信奇迹?石岩停下来,把灰浆担子往肩上耸了耸。他指着对面的那些高楼对我说,这么高的楼房,我们都能把它建起来,哑巴为什么不能治好?

我嗯了一声,没再说话。我顺着他手指的方向打量这座城市,那么多庞然大物拔地而起,遍身镶满像钻石一般璀璨的灯火,的确是奇迹。城市从我们站立的地方,水一样向四面八方洇开,无边无际,我们置身其间,就像是蚂蚁爬行在巨大的巢穴中。这是个多么宏大的世界,在那些建筑物当中,有些楼房就是出自我们手下。我们曾经亲眼看着那些楼房,像竹笋一样,很突兀地从地面冒出来,越长越高,最终耸入云天。要是不来深圳,我也绝对想象不到,这地方会由一个小渔村变成如今的现代化大都市。可是,此奇迹不等同于石岩口中的奇迹,哑巴会唱歌,跟我们建高楼大厦,这两者之间既无联系,也无丝毫可比性。然而不管怎么样,我还是为石岩感到高兴,他要结婚了,这是件喜事。这些年来,我们怀里始终揣着一个关于结婚的梦想,就像是揣着一个神秘的宝箱,而这个宝箱即将被石岩打开。

那时,石岩已经干了七天五夜。他往空中吐了一口痰,说,我这一辈子都不会再回工地了。我说,我也是。我真是这么想的,那些由竹架板和钢铁架铺就的道路,我是连一步也不想走了。这是我们在工地上的最后一天,过完这一天,我们就算是解脱了。所以我们咬紧牙关,把这两担灰浆送到了目的地。

我把肩上的担子卸下来,拍拍手上的尘土。我拍得很用力,但手掌心里没有半点感觉,就像是两块粗糙的树皮在互相拍打。我看了看自己的手,皱纹和裂开的伤口纵横交错,让我想起两块干裂的土地。这是一双属于建筑工人的手,我掌心里的皮肤,甚至比树皮还要坚硬。石岩也是。

石岩问我,回家以后,你有什么打算?

我说,我只想抱个女人睡觉,你呢?

我想像鸟儿那样飞一次,他张开手臂做了个飞翔的姿势,他说,我从来都没有飞过。

我嗯了一声,摸出火机开始抽烟。他想飞,而我只想抱个女人睡觉。这就是我跟石岩的差距。我脑子里想着的,总是与现实生活脱不开联系。这五年,我在工地上赚来的钱,一分不落地全存起来了。我计划着,等我回到家乡后,用这笔钱开个小店,做点小生意,然后再娶个健壮的姑娘做老婆,让她给我生至少两个孩子,当然,如果没有计划生育,最好是三个,或者四个,甚至更多。我的这一辈子就这么平淡地过下去。而石岩是个理想主义的男人,在我看来,他的想法总是那么的荒诞和不切实际。比如说,他想飞,还比如说,他想让一个哑女人唱出歌来,等等。在他眼中,他所生活的领域就仿佛是个魔术般的世界。难道他真能听到千里之外的歌声?我实在是很怀疑。

任务完成了,但我们没有马上离开高空回到地面。我们太累了。我站在竹架板上,不停地甩着手脚。石岩一屁股在竹架板上坐下来,双手抱头躺倒,让目光仰望夜空。我脚底下又是一晃,它总在晃。我也把头仰起来,望向夜空。夜色更浓了,星火开始密集起来。我们还看到了月光,从天空往地面水银般倾泻下来,在灯火辉煌的地方,明净的月色被消解得所剩无几。在深圳的这五年里,我还从未见过如此美妙的夜空。真美,我说。我陶醉地盯着月亮旁边看云卷云舒。

石岩把照片从口袋里掏出来,递给我。她也很美,他说,比月亮更美,你看看,她像个哑巴吗?她在唱歌,真的,你不相信?我知道你不会相信。他敲敲手指,把一团烟灰弹在竹架板上。

我不置可否。心诚则灵,石岩对那女人的歌声过分迷恋,那种迷恋已经像信仰一般执着而又虔诚。有时候,我不得不佩服他。他说,她真的在唱歌。他坐起来,侧过头,把手掌拢起来遮在右边的耳朵上,往夜空里听了一会儿。然后,他很认真地告诉我:她唱的是《茉莉花》。她唱得太好了,他说。他深吸了一口气,再缓缓吐出,一呼一吸之间,他摇晃着脑袋,和着那种在我耳中根本就不存在的节奏击起了拍子,就仿佛千里之外的歌声变成了某种芬芳的气味,正源源不断地往他面前渗过来。他比比画画,向我描述着那位远方的女人从歌声里传达给他的丰富信息,他说他听到了茉莉花细小的花苞正在缓缓绽开,白色的碎花中有几只蜜蜂在采集蜂蜜,茉莉花树的根须在泥土下安静地扩张,一个女孩光脚踩在泥土上,脚掌踏入泥土时发出土面下陷的声音……

石岩越说越玄乎，我的思绪不由自主地跟着他的描述进入了这么一幕场景——在一个艳阳高照的秋日里，一个哑女站在一片开满茉莉花的山坡上，长发迎风飞舞，她翕动嘴唇正在唱歌。她的歌声石岩能听到，我却听不到。所以我再次竖起耳朵，凝神往夜空里倾听。我耳朵里装满远远近近大大小小的声音，全是关于深圳这座城市的。我听到横在我们面前的水泥墙面在夜色中悄然裂开，一些细小的泥沙从墙体上剥落，远处的大海开始退潮，潮汐声在夜色中逐渐变得稀疏，载满货物的轮船鸣着汽笛驶离海港……我耳朵里只有深圳，没有茉莉花，也没有歌声，难道她的歌只为石岩而唱？

哑巴真能治好吗？我问石岩。我说，我估计这件事情也只有你才会相信。

石岩反问我，哑巴为什么不能治好？

我没吭声。但愿吧，我心里暗忖。我把烟头在竹架板上摁灭，又从口袋里摸了支烟，点着。我抽一口，没说话，又抽一口，还是没说话。我很想跟石岩说点什么，但某种顾虑又让我无话可说。我想说的是，让一个哑巴唱出歌来，对于此事我并不乐观，尽管这个心愿浇灌了石岩五年的心血，声带又不是件衣服，破了可以用针线缝补起来。我觉得这件事情就像石岩耳中的歌声一样，荒诞得有点不着边际。

石岩说，她对我说过，等她好了，就跟我结婚，她一向都是个信守承诺的女人，现在，她答应跟我结婚了，所以我相信她已经好了。你听，她又在唱了，他说。他闭上眼睛，再一次陶醉于那种在他听起来美如天籁，可是在我耳中并不存在的歌声里。

我摇了摇头，把一些话和烟雾同时吞进肚子里。我把那张照片拿在手里，学着石岩的样子，把手掌拢在耳边凝神细听。不但没有歌声，我耳中反而越来越嘈杂越来越浑浊，许多声音一起涌进耳孔。我听到成群结队的泥头车呼啸着行驶在黑暗的公路上，工地上的打桩机轰鸣着刺向地心，某栋被拆除的建筑在夜色中轰然倒塌……

我反复端详着照片上的那个女人，她的嘴巴微启，牙齿被嘴唇挤成一条白净的细线。我盯住她时，她仿佛宽慰地笑了一下，然后又笑了一下。有那么几次，我恍若真的听到了，有歌声从照片中传出，若隐若现，当我支起耳朵仔细倾听之时，这歌声又像幽灵一样转瞬即逝。我突然醒悟，我估计石岩也跟我一样，那种在他耳中长久不衰的歌声，也许只是来自某种虚无的幻觉。

我把照片交还给石岩，他顺手接过去，用两根手指掸掸灰尘，塞进上衣口袋里。他说明天就能见到她了，这张照片的用处已经不大。那时他怀里揣着的将不再是照片，而是一个真真实实的女人。你摸过女人吗？他问我。

我摇摇头，没摸过。

他说，粉嫩粉嫩的，就像从面粉上滑过，摸一下一年都不想洗手。

我点头附和的同时，心里却暗自对石岩的话再一次表示怀疑。其实我是摸过女人的，只是这件事情让我羞于启齿。初中时，我曾经闪电般摸过一位女同学的手，那次触摸给我的感觉，不像面粉，倒像块烙铁。

石岩说，这次回去，你也该找个女人成家了。

我说，我早就这么想了。

我真是这么想的，有女人的好处，我是知道的。就是在那时候，又吹来一阵风。风从海边而来，经过我们身边时，把我的头发从脑后吹到额前，然后又像只淘气的手一样，把石岩胸前的照片拽了出来。石岩就像条件反射似的，翻身而起，伸手去抓那张照片，只抓到一把空气。照片摇晃着往空中飘落。他跳起来，伸手又去抓，还是一把空气。这时我感到脚底下的竹架板剧烈地晃了一下，它总在晃。然后我看到石岩翻了个跟斗，像名跳水运动员一般从竹架板上掉落，他的身体在我面前突然矮了下去，嘴巴里发出一声尖叫。我万分惊讶地看到，他真的飞起来了，衣袂翩翩，如同一只黑色蝙蝠，以怪异的姿势滑翔在冰冷的夜空里。

我伸手去抓他，没抓住，只从他手臂上撕下来半截衣袖。我俯身看到他在铁架子上绊了一下，又落到了防护网上。防护网只能挡住砖石，挡不住石岩一百多斤重的身子。但他还是停留了片刻，在他的身体滞留的这半刻时间里，他仰面看着我，明亮的眼睛里没有半丝恐惧，只有一种强烈的不舍。这让我感到惊讶。我更惊讶的是，那时，他还能从容地开口对我说话。他说，她在唱歌，真的，我没骗你……

我点点头。防护网突然咔嚓一声裂开了，他的声音被切断。从他一连串的动作上面，我可以看出他对生命的强烈眷恋——他伸手想抓东西，没抓住，另一只手也伸出去抓东西，还是没有抓住。他就像颗出膛的子弹，倏地一下射向地面，最终变成一个黑点在我视线里凝住不动。

我扔掉手中的半截衣袖，大喊一声，沿着那条用竹架板铺成的长路，甩开两腿从楼顶往地面奔。在跑向地面的途中，我看到那张照片跟我一起，飘飘摇摇地落向地面。随着照片的不断翻转，照片上的女人在我眼中一闪一没，那神情很焦急，就仿佛是想从照片中走出来似的。那时，我突然听到了从夜色中传来的歌声，的的确确，我听得分明。我分辨出那是个女人的声音，就像一缕缕轻烟随风而至，穿越黑暗抵达我的面前。这时我才终于相信，更准确一点地说，应该是坚信——这声音，一定是来自千里之外的那个女人，她的歌声清脆婉转，有如天籁。

2009 年 4 月

空中稻田

这条高速公路像个不速之客，从遥远的地方蜿蜒而来，穿过我们村子。夕阳照在黑亮的路面，泛着一层淡蓝色光晕，蓝光反射上来，照着父亲的脸。他像座雕像，一动不动，半边脸融化在黄昏里，另外半边脸被马路上的蓝光照亮，这种诡异的颜色，让这个男人看上去像幽灵般诡异而遥远。父亲就这样端坐在楼顶，低头看飞奔的车辆像一粒粒子弹呼啸而过。我家房子在高速公路旁边，四面墙壁都用油漆喷着同一句标语：要想富，先修路。可实际上，这条公路跟我们这个村子没有任何关系，那些车辆以一百公里的时速闪过，留不下任何痕迹。

我们都知道，父亲看的不是车，他的视力正在衰退，连一只鸟从天空飞过，他空荡荡的目光也未必能准确捕捉，更何况是高速公路上一闪而过的车辆。他看的是这个村子以前的模样。在他浑浊而迷离的目光中，我们的村庄山清水秀，沃野十里，金色的稻浪在深秋的天空下连绵起伏。但那是以前的事了。也就是说，这样的情景现在只是封存在我父亲记忆中。当然，也许我父亲根本就没有记忆。

我父亲是个疯子，这是个让我羞于启齿又不得不承认的事实。对这个从来就没管过我们死活的男人，在过去的几十年中，我们讳莫如深，却始终无法漠视他的存在，他就像座巨大的山，压在我们一家人心里。我在市里的一家报社上班，离家不远，走高速也就是半个小时，可是我一个月才回家一次，有时，也有可能是两个月，甚至更久。不可否认，父亲怪异的行为和性格，是我疏于回家的原因。

这次回来，是因为我弟。下班的时候，我弟打电话给我，说老头子又在发羊角风，跟他吵起来了，让我赶紧回一趟。电话那头，我弟一副气急败坏的样子，恨不得马上就动手。我让他冷静点，老大不小，还跟个疯老头子较什么劲，再说了，又不是不知道他是什么人，吵得清楚吗？

确实，我父亲发疯，并不是什么稀奇事，他都疯了三十年了。但三十年以前，他是个很正常的人。父亲行伍出身，在云南当了八年的通信兵。那八年时间，他都是在马背上度过，以至于后来他走起路来两腿间总像骑着匹马。复员后，他分到镇上的邮电局工作，然后娶了我母亲，再然后，生下了我和弟弟。就在一家人日子越过越好的时候，父亲突然疯了，好好的工作一扔，背着猎枪就钻到深山老林里去了。父亲在山上一住就是二十多年，过着一种野人般的生活，对我们不闻不问。一年前，我弟弟去山里找他回家的时候，他一枪把我弟的一只鞋打飞了。

父亲当年突然从家里逃离，像只鸟一样，飞离了我们的生活，我们都不知道他是出于什么原因。但这样一来，就苦了我母亲。这位在镇农机厂工作的普通女工，一个人的工资，得对付三张嘴，还要送我们两兄弟上学。我弟弟脑子聪明，成绩一直比我好，三十分的成绩，他自己用红笔加个镜像就变成了八十，加到初中，加不下去了，他就辍学跑去了广东。真是有其父必有其子，我母亲恨铁不成钢。但我不得不说，我弟这学辍得相当及时，因为没过几年，我母亲就下岗了，她一个女人，是不可能供我和弟弟同时上大学的。我弟自己做出选择，总比让我母亲来做选择要好。

大学毕业之后，我分到报社工作，在经济上，接了母亲的班。我努力工作，想让母亲过得好点。可是，子欲养而亲不待，操劳了大半辈子的母亲，一场中风之后，就咬牙切齿地叫着父亲的名字走了。她恨父亲。说实话，我也恨。我弟弟更恨。怎么能不恨啊？小时候开家长会，别人的父亲衣冠楚楚，拥有令人羡慕的光环和职业，我们的父亲却没有。我们连他的面都很难见到。每年大年三十，别人家里团团圆圆，门口的鞭炮声里洋溢着欢乐和喜庆，我父亲回来晃荡一圈，马上又像个逃犯似的消失了，让我们的除夕之夜一片悲凉。可以这么说，我们一家人的辛酸，全都是来自这个男人的失职。

我弟比我小三岁，看起来比我要老，我毕竟有安稳的工作。还好，这些年农村里好了起来。我弟弟从广东回到家乡。他头脑活络，一回来就在河边开了家沙场。我不得不说一下我家乡的这条河流。别人说靠水吃水，多少带点追忆的味道。我们说靠水吃水，那是真真切切的。20 世纪 90 年代，这条河里刮起一场淘金潮，让我们这个小镇富了起来。等金子淘完，剩下来的沙子也值钱了，小镇继续富着。对河两岸开了十多家沙场，都是钱。淘金的时候，我弟弟还小，没赶上，但他赶上了开沙场。他做生意的方式跟别人不一样，同样是开沙场，别人卖沙子，我弟就买沙子，有多少买多少，像只貔貅，只进不出，买下来的沙子压在那里，一粒都不卖。不到两年，遇上了农村小城镇建设，疯了似的建房子，沙子的价格噌噌上涨，翻了不止十倍，这时我弟就把沙子卖掉,从此富了起来,成为小镇上最有钱的人。他把我家那栋行将坍塌的老房子扒掉,建了栋三层的楼房,又娶了一名教师,日子过得如日中天。

这栋房子建好之后,我弟也没怎么住过。他不缺房子,光县城里就买了好几套,市里,省城,都有。我们镇上,靠着河边,有三栋高层住宅,齐刷刷地长在那里,让整座小镇都跟着拔高了一大截。我可以骄傲地告诉你们,那是我弟建的,农村小产权房,建一栋卖一栋,比挖沙子来钱快多了。我弟每栋留了一套,自己住,想住哪栋就住哪栋,都在顶层,窗户一开,把整个小镇都看到了。他老婆是名教师,弥补了他在文化方面的欠缺和遗憾。弟媳从镇上调到县城,再从县城调到市里,后来又到省城里教书去了。我弟跟着在县城,市里,省城里住了一圈,最后还是觉得乡下好,就把老婆留在省城,自己又住到小镇上来了。在某种程度上,他走了一条跟我父亲相同的路。我家乡的人都喜欢往外跑,村里的往镇上住,镇上的往县城里住,县城里的就往市里和省城住。我弟弟不一样,他在外面住了一圈,又住回来了。因为我父亲还在,他不远游,他没读过什么书,但是“父母在,不远游”这句话,他比我读得要好。我妈在的时候,他远游了一下,回来妈就没了,他悔得把头咚咚咚直往墙上撞,我抱都抱不住,现在额头上还留着疤。

我弟是个孝子,虽然他恨父亲,但他想来想去,还是把父亲从山上找了回来,指望他洗心革面,好好过日子。可我父亲是个疯子,他怎么可能好好过日子?这么多年过去了,他就像个凄凉的笑话一样活在我们心里,我们永远都不知他脑子里在想些什么。这不,好端端的，又对我弟发起疯来了。我父亲跟我弟住了不到一年，就要把我弟赶出去。论吵架，在不按常规出牌的父亲面前，我弟根本就不是对手，所以才把我叫回来。

“这不是鸠占鹊巢吗？”我弟说，“我的房子。”他快要气炸了。可是，我又何尝不是束手无策？

我到家的时候，父亲坐在楼顶，看高速公路上的车。我们站在下面等他，一直等到晚上。天黑下来，高速公路像件隐身衣似的消失在夜色中，父亲什么都看不到了，就从楼顶走下来，嘴里叼根烟。他看了我们两兄弟一眼，把烟头吐在地上，咳嗽两声就又跟我弟弟干上了。父亲指着这栋三层的房子：“当你哥的面，我再说一次，你搬出去。”

我弟当然不肯。

“凭什么，房子我建的。”

“你建的？那原来的呢？”

“扒掉了。”

“我的房子，凭什么扒掉？”

“凭你是我老子。”

“知道就好，你是我生的。”父亲完全就是一副无赖嘴脸。吵起架来，他倒是很清醒，每一句话都像一颗子弹，准确，凌厉，让我弟无法招架。

“哥，你来评评理，我的房子，”我弟气坏了，一脸的无可奈何，“这老家伙，我好心好意把他找回来住，住着住着就成他的了，以为自己是黄世仁。”

“算了,毕竟他是爹。”我拍拍我弟的肩膀。“你住镇上就是了,只隔条河。”

“是爹就可以无法无天?”我弟说,“那下辈子投胎我跑前面,我做他爹,看我怎么整死他。”

“怎么说话的?”我在他屁股上踹了一脚。我弟就笑了。他一笑,我就知道这栋房子归我父亲了。其实我弟根本就不在乎这栋房子,房子再怎么大,也大不过爹,即使是个疯子,但再怎么说也还是爹。对我弟来说,这房子九牛一毛。他只是咽不下这口气,父亲太横了。我一回来,他就把这口气咽下去了。我是哥,但又不仅仅是哥,因为父亲的失职,我这个哥,在我弟心里多少还占了点父亲位置。我的话,他还是听的。我弟对父亲这个角色的理解,跟我一样,我们都没有过真正的父爱,正因如此,我们对父亲的荒诞才如此包容。

“喜欢闹,就让他闹吧,”我说,“总比在山上当个野人要好。”在这点上,我弟很快就与我达成了共识,所以他马上就想通了。天完全黑下来,高速公路上升起一轮明月。天上的月光,干干净净,落到村子里就变得含混不清了,这条进村的马路被拓宽,装上了两排路灯,路灯亮起后,把明净的月光稀释在灯火里。

去喝酒,我弟说,好不容易回来一趟,得喝点儿。那就喝点儿吧,我想,酒这东西,在家里喝才是酒,在外面,喝的是世道人情。

我弟绕到屋后,从泥土中挖了只坛子出来。梅山水酒,他向我介绍,二十年以上了,从一位老人家手里收来的,一共七坛,收回来就埋在地下,不舍得喝,有重要的人才挖一坛出来过过瘾,比如说你,还有,那个老家伙,他指指楼顶。“人疯,嘴巴可不疯,”我弟拍拍酒坛说，“一喝就知道是好酒。”

我往楼顶看了一眼，父亲不知什么时候又上去了，他头顶着夜空，坐在漫天的月光里，像个特立独行的哲学家，身上披着一层朦胧的光影，虽然近在眼前，却好像与我们隔着十万八千里。

我弟抱着酒，带我走到镇上的一家小饭馆里，点了四道菜。菜很快炒好端上来，色香味俱全，这座小镇已经跟城里一样，要什么有什么。我弟把坛子上的泥拍开，揭掉封在坛口的一层锡纸，倒了两碗出来。果然是好酒，瓷碗中摇曳着琥珀的光泽，陈年的酒香把一条街的人都吸引过来。

“强哥，赏一口。”七八个小后生走进店里，胸前都文着龙，十多只眼睛落在我们面前的酒碗里。

“想都别想，我哥的。”我弟指着我。“我哥，大记者，快叫大哥。”

这几位后生的腰就弯下来了。“大哥。”他们恭恭敬敬地鞠了一躬。我弟指着饭馆里的酒柜，那边的你们随便喝，记我账上，还有，走远点儿去喝，我哥喜欢安静。话音刚落，这七八个人就像阵风，转眼间刮到外面去了。我看着我弟，很有几分小马哥的气派。那是他的偶像，小时候看录像，出来就指着周润发的海报对我说，哥，这就是我的人生目标。现在，他做到了。唯一搞不定的人，就是家里的那个老疯子。

“没办法的事，谁叫他是爹。”我弟说，看了一眼桌子。我们喝得很欢，半坛酒下去，菜已经不多了。他叫饭馆老板过来添菜，还是四道。四季发财嘛，作为一个商人，我弟很在意这个。

“强哥，今天打的野鸡，要不要来一只？”老板弯下腰来问。

“还有野味啊?”我弟说,这让他觉得很意外。

“说起来,这事还得感谢强哥您,”老板说,“把老爷子从山里接回来,不然哪有这口福。”

我弟就笑了。“这我可不敢吃,我们一家两个环保主义者,都是我顶头老大。”我弟说,指指我。“一个在这里。”他拿起碗来,喝了口酒,又意味深长地说,“另一个在家里,完全原生态。”

原生态的这个,指的是我父亲。我也喝了口酒,抬头看窗外。很好的月光,被小镇上空的一层灰尘过滤,变成混浊的光斑洒在地上。这几年,经济发展好了,农村小城镇建设搞得如火如荼,房子密密麻麻地从马路两边长出来,我们小时候的记忆,都跟着那些老房子被埋在了地底下。每次我回到这座小镇,就跟到一个陌生的地方没什么两样。当然,镇上的青山还在那里,河也还在那里,这些一时还搬不走,但河已经浑浊得不成样子。值得庆幸的是,山还是青的,满山的树都在,连绵起伏,向小镇鼓荡着夏日的凉风,偶尔有鸟的鸣叫穿过夜空,进入我们耳中。具有讽刺意味的是,这林间鸟语之所以能保存下来,是因为一位疯子。我父亲住山上时,没人敢往山里走。山上没丢过一棵树,也没人打过一只鸟。从这个意义上来说,父亲的疯未必就毫无价值,至少他保住了一座青山。

为此,这座山还上过电视,省里的一个科技频道来拍过一个纪录片,如果你在电视里看到一个野人背杆枪在镜头里飞奔,那就是我父亲。省里有位分管林业的领导也看到了。这还得了,21 世纪冒出野人来了。这位领导把电话打到了市里,市里打到县里,县里再打到镇上。镇上开会研究决定,必须把我父亲从山里弄出来。这样一来,这座山就没有我父亲的容身之处了。不然,我弟怎么可能弄得下来?

“他就是个疯子。”我弟说,“不说了不说了,来,喝酒,哥。”

的确,我父亲是个疯子。这没什么疑问。全村人都知道,全镇上的人也都知道。他疯了三十年了,并且还会继续疯下去。把我弟的房子搞到手之后,父亲的疯病一点也没有好转的迹象。有一天,他突然决定,要在楼顶种块田出来。他对我弟说,这些房子把田吃掉了,就应该还出来,田可以变成房子,房子也可以变成田。我弟说,变来变去的,你以为你是孙悟空啊,高速公路也把田吃掉了,你怎么不去把高速公路也变成田?父亲说,迟早的事,五谷杂粮才是天,这些车,能拿来吃?

车当然不能吃,但高速公路也不是拿来变田的,我们实在弄不明白,父亲心里到底是怎么想的,他混乱的脑袋里装着一个常人难以理解的世界。但是我忍不住又想,如果把所有的高速公路都种上田,等到了金秋十月,一条条金色的带子飘荡在中国的地图上,那将是多么壮观的一番景象啊。有时我不得不承认,疯子的思维与艺术家确实相当接近。

我弟弟在电话里跟我说起这件事的时候,实在是哭笑不得。“他怎么不到天上去种田?这老家伙。”我弟说,“算了算了,我也不管了,凭什么老是让我为他操心,他才是爹啊。”

“不管就对了。”我说,“爱种种吧,总比天天坐在楼顶看车要好,反正也折腾不了多久了。”我的意思是,都六十多岁的人了,就算活到八十岁,也时日无多,爱干什么就让他干什么。野人都当过,在房顶上种种田又算得了什么？该知足了。母亲在那边，也会支持我们的。再说了，老头子也许只是说说而已。

可我父亲不是一个说说就算了的人。他带着股疯劲，真的就干起来了。在我们记忆中，屋顶最多就是晒晒谷子，晾晾衣物，父亲却荒唐地种起田来了。这样一来，全村的目光都集中到了我家楼顶上，村人议论纷纷，他们对我弟说：你爹很有创意啊。潜台词是：这就是个老疯子。但是碍于我弟的面子，他们不敢这么说。

不说我们也知道，父亲确实是个疯子。可是，疯子也有聪明人无法企及的一面。在一些细节执行方面，我父亲完全表现出了一位出色的泥瓦匠的素质。他自己动手，居然在楼顶砌起了一道半米高的围墙，这道围墙称得上精致，不仅美观，而且滴水不漏，每一面墙的中间，都夹着一排塑料管道，这些管道通往地下三尺，说是要把地气接上来，稻子都是接着土地长的，没有地气可不行。围墙砌好以后，父亲往楼顶上挑了几天泥土，再把水引上楼顶，一块明晃晃的水田就神奇地从我家楼顶上长出来了。

万事俱备，父亲需要的只是一个春天。我记忆中，故乡的春天草长莺飞，细雨如丝，一块块明亮的水田中，人与牛追逐着画出一幅温暖的早春图。但那是过去，现在，早春图没有了。春天到来的时候，满眼的钢筋水泥，一条高速公路把村子隔开成两半，连四季都看不分明。但这不影响父亲种田，他的田在我家楼顶，高高在上，与这个世界保持着一种既安全又可笑的距离，他爱怎么种就怎么种，他就是那里的国王。

说真的，我父亲不食人间烟火地活了大半辈子，没正儿八经地种过一天田。十八岁那年进了部队,回来后参加工作,后来又跑到山里当了几十年野人,等他从山里出来,已经看不到村子里有人种田了,因为村子里已经无田可种。但这难不倒他,毕竟从小耳濡目染,他是在这块土地上生长的,他的脑子里装着稻子成长的过程。

父亲按着二十四节气播种,插秧,除了吃饭睡觉,所有的时间都用在楼顶的那块水田里。起初一切都很顺利。父亲看着禾苗从楼顶上长出来时,内心一片欢腾的阳光在跳动,他的希望匍匐在我家楼顶,跟那些不断拔节的禾苗一起,蠢蠢欲动地等待收获季节的到来。可是,到了抽穗时,这些稻子就不约而同地停止了生长,没能结出饱满的稻穗,而是像韭菜一样越长越精瘦。父亲的第一次种田,结果当然是失败,他鼓捣了三个多月,我家楼顶上的这块水田,连一粒饱满的稻谷也没结出来。

我弟弟幸灾乐祸,没听说过楼顶也能种田的,就他老疯子异想天开,一个楼顶,他还能在上面翻天?

但父亲毫不气馁。早稻不行还有晚稻,晚稻不行还有明年,明年不行还有后年,总之,他跟楼顶上的这块水田杠上了。我弟说,真是服了他了,还好,家里没铁杵,有铁杵的话,没准他哪天会想着要去磨根针出来。

很快,父亲又自信满满地开始了晚稻的种植。通过分析,他居然找到了原因,稻子结不出穗,问题出在没有传粉途径,那些房子和高速公路把村里的农田吞掉之后,也吞掉了村里的花花草草,在一个没有农作物和花草的村庄里,连空气似乎都是凝固不动的,蜜蜂和蝴蝶根本就飞不到我家楼顶上来。没有蜜蜂和蝴蝶传粉,稻子自然结不出来。找到症结,就可以对症下药了。父亲的药方完全配得上一名疯子的身份,他不知从哪里弄来了一箱蜜蜂。当稻花盛开时,空气中传来细若游丝的稻香,这些饿疯了的家伙嗡嗡嗡地飞出来,见花就扑,当然,见人也蜇,我父亲成为它们最欢乐的攻击目标。但父亲一点儿也不怕它们,他顶着一头的包坐在楼顶,喜笑颜开地看着楼顶的稻子在蜜蜂的飞舞中一天天饱满起来。

这老家伙,真是神了。我弟一改常态,对父亲弄出来的这块稻田叹服不已。我也感到十分惊讶,这世界上的事,还真的不能都用常理来解释,这一年,父亲居然在我家楼顶上,把稻子种出来了。金秋十月,我们村一片触目惊心的荒凉,可我家楼顶上却飘荡着一种丰收的气息,这是一幅多么令人激动的画面啊。

稻子收割那天,我弟打电话给我,让我回家一趟。“你得回来看看,老家伙搞出来的这块田真的很有意思。”我弟说。电话里,他难以控制住内心的激动之情。我自然也想回家一趟,顺便写篇奇人奇事方面的报道。我父亲在楼顶种稻子这件事,没准就能成为新闻热点。

回到家里,我弟递了根烟给我。“你看。”他指指楼顶,“开始收割了。”我抬起头,看到一个金黄的屋顶,像佛殿一般神圣庄严,一大片金色的光芒从楼顶溢出来,让这个死气沉沉的秋天变得无比生动。

我父亲拿着镰刀,弯下腰,虔诚地开始了收割。我和我弟站在楼下,听着镰刀咬断稻秆,发出沙沙沙的声音。久违了,这声音就像一首美妙的儿歌,在我们心中回荡出童年时秋天的绚丽画面。

可是,就在我们陶醉于父亲的收割声时,突然从楼顶传来轰隆一声巨响,我们脚底下的大地晃了一下,楼顶腾起一片巨大的灰尘。不好！我弟大喊一声，扔掉烟就往楼上跑。我紧随其后。我们跑上去的时候，楼顶已经坍塌，半边稻田和我父亲不见了。我低头一看，乱七八糟的稻子和一堆泥巴撒落在楼下的屋子里。还好，房子质量不错，塌下去的部分，被一把纵横交错的钢筋牵扯住了，没往下落。落下去的只是半边稻田，我父亲被埋在了一堆半干的泥巴中。

我和我弟跳下去，在泥巴里扒拉了好一阵子。父亲总算爬了出来。他浑身是泥，就像个从坟墓里爬出来的幽灵，手里抓着一把金黄的稻穗。父亲看了看我们，把头仰起来，对着天空发出了一声呐喊，让整个村庄都为之一震，父亲说：狗日的金子！

我们看着父亲，他手中的那把稻穗，确实像是金子，将这个荒凉的村庄瞬间就照亮了。

2016年8月

墓碑

一

他慢慢往山上走，还是那条山路，迂回曲折，通往半山腰。那地方是块坟场，被杂草和灌木簇拥着，说不出的阴森和幽深，等夕阳染红半边天时，显得更为冷清和寂寞。我之所以会注意到那些苍白的墓碑，是受了老孔的影响。每当黄昏来临，老孔都要揣一把纸钱，或两炷香，走到坟场里去。他的手脚已经僵硬，在山路上移动时，不得不弓腰驼背，撑住两个膝盖，手脚并用，往半山腰里走。每走出一步，我似乎都能听到一种苍老的声响，从他脆弱的骨骼里迸溅出来。到达坟场之后，老孔找块地方坐下来，腰背挺得笔直，手里操着铁锤和钢錾，火星四溅地敲打一块尚未成形的墓碑。许多年来，我一直在思考，到底是一种什么样的信念支撑着老孔，让他几十年如一日，在这些石头上敲打下去？槐花巷里的人说，是因为我父亲。我不认可。父亲在二十年前已经去世，就葬在老孔常去的那片坟场。他的形象已如同他坟前的那块墓碑，以灰暗的面目插在我们记忆里。我始终认为，已经死去多年的父亲，对于我们这些活着的人来说，是可以忽略不计的。

父亲生前是个石匠，有着精湛的手艺，他从祖先那里继承了精明和勤奋这两项优良传统，同时又敢于求变创新，这使父亲可以坦然面对生活中的动荡，在那个机械工艺兴起而民间工艺不断衰落的年代，父亲仍然可以凭借手艺，保证我们一家三口衣食无忧。他长年奔波在外，带领着一班石匠，在四乡八野间飘来荡去，依靠结实的胳膊和粗糙的手掌，挥起铁锤和钢錾，叮叮当当地把钱财从别人的口袋赚进自己的腰包。

在我看来，父亲当年这种四处奔波的生活极富传奇色彩。然而对于母亲来说，这其中的苦楚是难以描述的。母亲近似于守寡。在父亲背井离乡的那些日子里，每天天色黯淡下来，槐花巷开始褪色的时候，母亲一动不动，站在门口，目光追逐着巷子尽头的那条马路。那时候，故乡的交通远不像今天这么发达，每天来往的公共汽车，就那么一两趟，早上开出去，将出门远行的人带走，傍晚再返回小镇，将游走他乡的人带到小镇上来。每当汽车喇叭声传进巷子，马路上扬起滚滚尘土，母亲会莫名其妙地抖两下，眼睛如同两盏灯泡，在黄昏里蓦然亮起。她时时刻刻都渴望着父亲的身影落到巷子里来，但大多时候，母亲的希望只能落空。匠人属于江湖，这注定了父亲如同浮萍一般飘着，一年到头，难以回家。

与母亲相比起来，我对父亲的等待远没那么迫切和盲目。我认为父亲是无处不在的。只要举起一块石头，我就能闻到父亲的气息。作为石匠，他身上有着一种陈年累月的石屑气味。说起来很奇怪，有很长一段时间，父亲的形象在我记忆中真的就是一块僵硬的石头。

他身上的气味是一成不变的。他回家的规律,也是一成不变的。只有在逢年过节前夕,父亲才会风尘仆仆地出现在这条叫槐花巷的巷子里,让我们这个家热闹并温暖起来。我的猜测从来都没错。只有一次出现了例外。当时我们并不知道,在父亲的匠人生涯中,那次回家,竟是他漂泊生活的终点。记忆中,那个冬天特别寒冷,到了年底,大雪纷纷扬扬,把马路和巷子都封住了。我和母亲像往年一样,望眼欲穿地站在巷子里,等父亲回家过年。母亲把双手笼在袖中,抬头看了看天,又看了看远处白茫茫的大地,她紧锁眉头,打着寒噤对我说,今年你爹怕是不会回来了。

我十分肯定地说,会回来的。

母亲说,你怎么知道?

我说,我已经闻到石头的气味了。

母亲从袖中伸出手,在空气中抓了一把,将拳头移到鼻子底下,寻找那种属于父亲的气味。那时北风吹得正欢,一种淡淡的石头气息渗透在风中。母亲显然是找到了。她紧锁的眉头舒展开来。母亲笑了。如我所料,没过多久,父亲披着一身雪花回来了。不过这次他两手空空,身后跟着一个我们从未见过的男人。男人蓬头垢面,身上同样落满雪花。他一只手攥住父亲的衣角,另一只手抚拭着面前的空气,犹犹豫豫地来到了我和母亲面前。我望着他的时候,他不说话,脑袋诚惶诚恐地耷拉着,当他偶尔抬起头来,与我四目相对时,我发现他两个眼睛里空空荡荡。我瞬间就判定出来,他是个瞎子。

我问母亲,这人是谁?

母亲没哼声。她冷冷地看了男人一眼,又咄咄逼人地望着父亲,目光里是一堆冰冷的问号。母亲显然和我一样,并不认识这个男人。父亲抖去身上的雪,尴尬地笑了笑,说,我回来啦。这年的雪真是下疯了,一团团从天下往下扔,天冷得要命。说话的时候,父亲不停地搓着两手,牙缝里丝丝往外渗着白气。父亲早已料到母亲会不高兴,一脸讨好地望着母亲。母亲紧板着脸,扭身回到了屋子里,端起一盆洗脸水,响亮地泼到了门外。在我的记忆里,父母之间这种剑拔弩张的场面似乎前所未有。都说小别胜新婚,可是这天晚上,母亲却将父亲拒之门外,独自一人躺在屋子里,整个晚上一言未发。

看得出来,父亲把这个陌生男人带到家里来,母亲极不欢迎。可是在父亲面前,母亲的抵抗微不足道。父亲一意孤行,将这个男人留了下来,母亲也就不再反对。父亲收他做了徒弟,决定将衣钵传授于他。这男人姓孔,按着槐花巷里的习惯,我们叫他老孔。我要讲的这个故事,正是从这个男人身上展开。

二

老孔是父亲收下的第一个徒弟,也是唯一一个徒弟。一直以来,我和母亲都难以理解,在石匠这个行当里首屈一指的父亲,为何不像其他师父那样,收下一大批徒弟来为自己谋取利益。对于手艺人来说,收徒是件非常实惠的事情。三年学艺,两年效力,师徒关系一旦形成,徒弟就得学满三年才能出师。也就是说,在学徒期间,徒弟得无偿地为师父白干两年。因此,师父收徒越多,获益也就越多。在我的印象里,父亲虽然并不嗜钱如命,但也没有高尚到视钱财如粪土。

事实上，父亲穷苦出身，祖上几代，都是面朝黄土背朝天的农民。正因如此，父亲才被迫成为一名手艺人，过着远走他乡的生活。收下老孔之后，我才理解了父亲的良苦用心。父亲不是不想收徒，而是他一直在等待。父亲是个石匠，然而在我此后对父亲的回忆和理解里，他远不只是个普通意义上的石匠。对石匠来说，彰显技艺高低的是雕刻，也叫细活，与木匠的细活同根同源，又有着细节上的不同之处。石匠的雕刻技术，可以分为圆雕、浮雕、透雕、线刻这几种。任何一名石匠，只要掌握了这四种雕刻技术当中的一种，就足以成为这个行业里的佼佼者。父亲天资聪颖，在与他同时代的这班石匠当中，算得上出类拔萃，他以惊人的毅力，掌握了全部的雕刻技术。在石匠这个行当里，父亲属于全能型的人物。我可以毫不夸张地说，父亲是个伟大的民间艺术家，而绝非一个普通的匠人。在收徒方面，父亲同样有别于其他石匠师父。别的师父收徒，几乎不设门槛，只要肯学，手脚健全，就够资格了。在他们看来，石匠的工作与田间农事一样，就是一项敲敲打打的体力活。父亲不这么认为，他对收徒有着严格的要求，不但要考察品行、天赋，更要讲究缘分。这样的徒弟很难找到，可遇而不可求。那些年，想拜父亲为师的人不在少数，态度也非常诚恳，可父亲一个也没看上，悉数将他们拒之门外。直到那个冬天，他带回了这个叫老孔的男人，才有了生平的第一个徒弟。他终于找到了他一直在等的那个人。

随着时间推移，我和老孔熟悉起来。这是个古怪的男人，极少开口说话。有时候，他会示意我，把一杯茶或是某件工具递到他的手里去。我将东西递过去后，他微微一笑，嘴巴里就像含了颗糖似的，含含糊糊地对我说声谢谢。我必须承认，当初让我有兴趣跟他交往的，正是他那种与众不同的外乡口音。他是个外乡人。对我来说，这种晦涩难懂的外乡话充满新奇。在我生活的这条巷子里，很少有外乡人来过。槐花巷是个不适合外乡人生活的地方，这里土地贫瘠且稀少，不适合农作物生长，能够在这里生存下来的人，大部分都是些像我父亲这样的手艺人，他们的根虽然扎在槐花巷里，躯体却浮云般飘荡在全国各地。在我的记忆里，老孔是第一个在巷子里生活下来的外乡人，他的性格以及生活习性，与这条巷子是那么的格格不入。

老孔从不出门，整天坐在我家院子里，在我父亲打造出来的那些石器上面，摸摸索索地忙上半天，用手分辨出它们的材质、形状、细节，并记在脑子里，然后找个地方坐下来，对着一堆废弃的边角石料，叮叮当当敲个不停。他的姿势特别虔诚，每次坐到石头面前，就像一株老树立在那里，他的下半身几乎纹丝不动，上半身却在铁锤和钢錾的牵引下，带着一种平稳的节奏前后摇晃。这是我记忆中的那批石匠们所特有的姿势。老孔来我家没多久，就具备了这种姿势。与此同时，我也惊讶地发现，这个男人身上有着和我父亲类似的一些特点。父亲沉默寡言，老孔也沉默寡言；父亲无论坐着还是走动，两肩总是微微耸起，就像随时都在准备迎接一副担子，老孔的两肩也是耸起，且看上去比父亲的更为突出，以至于整条脖子都消失在肩膀中。我想，在父亲看来，老孔就是一面镜子，可以让他照出曾经的自己，或者是更好的那个自己。

收下老孔之后，父亲开始不遗余力地对其进行传授。父亲言传身教，从基础开始，将石块敲打出毛坯，然后镶嵌、榫卯、组合成型，最后是雕刻、打磨、抛光等细节。父亲像个魔术师一样，那些粗糙的石头在他手底下神奇地变成一件件生动精美的石器。对父亲来说，这项工作并不难，都是些石匠分内的工作，毕竟有十多年的经验和摸索，他闭着眼睛也能完成。真正难的是让老孔如何接受他的传授。让一个双目不能视物的人，像正常人一样，去掌握一名石匠的所有技能，对父亲来说，其中的难度，是他人所无法想象的。父亲必须找到一条眼睛之外的通道，让老孔完成与石器之间的沟通。这无异于天方夜谭，但父亲找到了。这两个男人通过一段时间的朝夕相处之后，逐渐达到了心灵上的相通。老孔就像是父亲的另一双手，而父亲就像是老孔的眼睛。根据父亲的提示，老孔总能在很短的时间内，十分准确地找到石器上的任一位置，并描述出它们的细节和特征。我慢慢觉得，老孔其实是有眼睛的，他的眼睛长在心里。

在此后的几年里，父亲不再外出，十多年的江湖漂泊之后，他总算是扎下来了，终止了奔走他乡的生活。对母亲来说，这是件期盼已久的事情，她孤苦半生，终于等来了跟父亲长相厮守的机会。然而母亲很快就失望了。因为老孔的到来，父亲在家里待下来之后，并没将太多时间留给母亲。父亲与老孔成天待在院子里，对着一些长方形的石头敲敲打打，就像两个痴人。

父亲和老孔打造的东西叫墓碑。我有些惊讶。作为一名出色的石匠，父亲修建过一座又一座祠堂和庙宇，他的工作与神灵息息相关，是那么的庄严和神圣，最后却沦落到为亡人立碑的地步。父亲的这种选择，一方面是顺应时代，另一方面也是一种无奈。随着时代的进步，石器与石材正在逐渐从人们生活中消失，属于石匠们的辉煌，实际上已经到了尾声。我似乎明白了，父亲之所以不再漂泊于外，是有原因的。父亲的墓碑，为已故之人打造，也为石匠这个行业打造。

三

父亲是个严谨的人，不管是在工作中，还是在日常生活里，都喜欢把事情做得一丝不苟。即使是雕刻一块墓碑，父亲的态度也是极其认真的。从选材到完工，其间的每一道工序，父亲都会严格把关，绝不允许有一件次品从自己的手里流出去。父亲常常告诉我，这不仅仅是面子上的问题，更重要的是，做人得讲良心，人家把钱给你了，你做出来的东西就得让人家满意。许多年以来，父亲就是用这种坚定不移的准则，来规范着自己的言行。他活得就像块石头。他的工作程序也跟石头一样，一成不变。每当父亲坐在一块石头前，挥起铁锤和钢錾开始工作，他就会进入一种忘我的状态，谁喊他他都不理，连头也不抬一下，他与面前的石头浑然一体。

墓碑的工艺并不复杂，那些石料卸到院子里后，父亲先按照客户提供的尺寸，用圆头錾把石料錾出一个毛坯，然后再用扁头錾修整出形状，墓碑的雏形也就出来了，接下来就是雕刻花纹和碑铭，这些工作完成后，一块完整墓碑就算是成形了。作为一名技艺精湛的石匠，父亲能够雕出威武的石狮、三门四柱的牌楼，以及九龙抱柱等石器中的大件。不过，再不起眼的物件，也有让父亲为难的地方。对父亲来说，把碑铭雕好，就是件颇为棘手的事情。父亲识字不多，写出来的毛笔字东一笔西一画的，歪歪扭扭。起先的时候，父亲在雕刻墓铭之前，得先把巷子里字写得好的人请到院子里来，让他们帮着将字写到墓碑上去，父亲再动手雕刻。时间一长，父亲便觉得这种做法不可取。父亲一辈子很少有求于人。他不喜欢求人。他常跟我们说，人情债是世上最沉重的债，滴水之恩，也重于涌泉。为了不求于人，父亲半路出家，逼迫着自己学起了毛笔字。父亲找来几本字帖和一堆废报纸，白天他带着老孔，坐在一堆石头面前，忘我地工作，到了晚上，父亲就坐在灯下，颤颤抖抖地握住毛笔，在报纸上临帖习字，练完柳体再练颜体。在那段时间里，父亲的十个指甲缝里总是浸满墨汁。我不得不承认，父亲的确是个很聪明的人，没过多久，他就能将百家姓上的那些楷体字写得像模像样了。又过了一些日子，父亲再去雕刻那些碑文的时候，不再用毛笔在墓碑上写字，而是直接用钢錾去凿，从来都不会有差错，仿佛那些字原本就藏在墓碑里，而父亲所从事的工作，就是用手中的工具将它们唤醒。

说起来真是奇怪，自从父亲收下老孔这个徒弟之后，他的运气似乎好了起来，在那几年里，前来我家订购墓碑的人络绎不绝。他们脸上带着一种雷同的悲伤表情，相继光临我家院子。这使母亲心里不安。院子里每进来一个订购墓碑的人，母亲就会唠唠叨叨地告诉我，这真是个灾年啊。母亲说，既没有什么天灾人祸，也没有流行瘟疫，怎么就会死那么多的人呢？

说这话的时候，母亲双手叉腰，一动不动地站在院子里，目光沉重地落在那些苍白的墓碑上面。也有的时候，母亲会在神龛前，虔诚地跪下去，点上一炷香，烧上两把纸钱，嘴里低声祈祷着，为墓碑后面的那些灵魂祈福。母亲是个很善良的女人。在母亲眼里，死亡是件既可悲又可怕的事情。母亲总是由衷地希望,这世上所有的人都能长生不老。对这一切,父亲倒是看得很开。父亲常说,生老病死,是世间常情,这一关是谁也躲不过去的,我们唯一能做的事情,就是让死者的灵魂得以安放。父亲的淡然,让死亡在我眼里变成了一件平常的事,同时也让我觉得,他和老孔打造出来的那些墓碑,其实是有意义的,它可以让那些已故之人,以记忆的方式永存于世,供子孙后代缅怀。

四

那年将要入冬的时候,父亲接到了一笔奇怪的生意。之所以说它奇怪,是因为前来与父亲洽谈的客人,是一个看起来十分体面的人,他需求的虽然只是一块墓碑,开出的价格却让我母亲两眼发亮。这是个天价。如果不碰上这个客人,父亲终其一生,也未必能赚到这笔巨款。因此,母亲极力怂恿父亲接下这笔生意。母亲说,做完这笔生意,你后半生就用不着再那么劳碌了。可是父亲十分犹豫,对父亲来说,这更像是一块烫手的山芋。从父亲举棋不定的表情里,我知道这位客人来者不善,他向父亲所订购的,绝对不是一块普通的墓碑。

父亲思考再三之后,最终还是将这笔生意接下来了。对方开出的价格实在是过于诱人,父亲抵挡不住。第二天,我见到了那位客人,他是个满脸病容的老头,穿着一身华丽的衣服,走起路来,两条裤管在风里抖动。他从马路走进槐花巷里,仿佛一张纸片被卷进了巷子。他来到我家门口,用手扶住门框,一边费劲地咳嗽,一边敞开苍老的嗓门，向我父亲陈述这块墓碑的工艺要求。说话的时候，他的嗓子里就像哽了一把玻璃渣。老头啰啰唆唆地说了半天，然后问我父亲，蛟龙穿壁，你知道吗？

父亲一愣，然后点点头，算是回答。

老头说，我这块墓碑上面，别的可以不讲究，但蛟龙穿壁一定要有。

父亲又是一愣，说，我照您的要求办。

老头说，好，好，好。

得到父亲的回复之后，老头就仿佛回光返照一般，两眼放光，脸上出现了老年人少有的红润。他似乎是过于激动，以至于一连说了三个“好”字。说完后，又颤颤巍巍地从我家里离去了。我回过头去，看着父亲，父亲额头上已经布满一层细密的汗珠。我不知道父亲为何会如此紧张。

父亲问我，知道什么叫蛟龙穿壁吗？

我摇摇头说，不知道。

父亲给我念了一段民谣——山歌好唱难起头，木匠难建转角楼，石匠难雕龙穿壁，铁匠难打铁绣球。父亲告诉我，所谓的蛟龙穿壁，就是一条龙七拐八弯地从整块墓碑中穿过去，而且龙身是活动的，在石雕当中，这是难度最大的。在古代，能雕出蛟龙穿壁的石匠，是会被召去皇宫里给皇帝干活的。因此，手艺人也可以分成三六九等。同样是石匠，际遇却各不相同。有的石匠劳劳碌碌，却被贫穷笼罩一生；有的石匠根本就用不着四处奔波，却荣华富贵享之不尽。

从父亲说话的语气里，我可以揣测出来，接下那笔生意之后，当时父亲的内心是极度复杂的。父亲对自己能否雕好这块墓碑,其实没有一点儿把握。然而对于父亲来说,这又是一种充满诱惑力的挑战,父亲无法拒绝,也不允许自己拒绝。作为一名胸怀大志的石匠,父亲一生所追求的,就是能抵达这个行业的巅峰。

当天下午,父亲就背着工具,上山开采石料去了。也许是父亲这次将要雕刻的墓碑与众不同,上山之前,父亲准备得很充分。那一袋鼓鼓囊囊的干粮,预示着父亲此次出门之后,将会长时间地待在山里。

果然,父亲这一走,就是一个多月。在这一个多月的时间里,家中发生了一些突如其来的变化。这一切,都是由老孔引起的。

父亲走后,母亲又跟往常一样,过起了独守空房的日子。然而这一次的情况,跟往常比起来又有所不同。往常父亲一走,待在家里的,就是我们孤儿寡母。我和母亲早就习惯了这种相依为命的日子。父亲离家之后,左邻右舍对我们格外友善,家里在没有男人的情况下,也风平浪静。然而这次,家里多了老孔这么一个男人,巷子里的人再看母亲,眼光也就变了。这个男人虽沉默寡言,老实巴交,可他对母亲造成的影响,是我们始料未及的。起先是一些风言风语,相当刺耳。母亲充耳不闻,不去理睬那些言论,只要自己行得端,坐得正,就不怕别人嚼舌头。可是不久之后发生了一件事,母亲扛不住了。那天她带我去镇上购买东西,我们从巷子里经过,一群年龄跟我差不多的孩子围了上来,将我和母亲堵在巷子里。其中有一个胆大的走到母亲跟前,笑眯眯地打招呼,婶子,吃过饭了没有?

母亲笑着回答,吃过了。

他说，我想向你借样东西。

母亲问，什么东西？

他说，你先回答我，是借还是不借。

母亲笑着说，只要是婶子有的东西，就一定借给你。

这个男孩笑了笑，他的手突然伸过来，异常迅捷地在我母亲胸脯上抓了一把，然后撒开两腿飞快地逃走了。他一边跑一边说，老孔摸得，我也摸得，婶子，我想借的，就是你的两只奶子。

母亲浑身一颤，待在那里。我意料之外的是，等母亲回过神来，她并没有像往常那样破口大骂，也没有拔腿去追那个孩子。母亲只是捂住脸，蹲在地上，抖动肩膀号啕大哭。在母亲心里，一个孩子对她所造成的伤害，比起巷子里的那些流言蜚语来，显然要残酷得多。我母亲是个坚强的女人，那些从成年人嘴巴里说出来的闲言碎语，母亲可以将其视为是一种无聊的行为，可是当这种无聊的行为出现在一个孩子身上的时候，母亲瞬间就被击溃了。

我猜测，母亲回到家里之后，一定会把老孔的铺盖扔出院子，将他逐出家门。然而母亲并没有这样做。她就像什么事情也没有发生过似的，仍然跟以往一样，平静地过着自己的日子。反倒是老孔，当他知道了母亲所遭遇的事情之后，便开始坐立不安了。他工作时经常分神，在墓碑上敲打出来的声音也乱了。有一天，我听到院子里传来一声惨叫。我跑过去时，老孔的五官拧成一团，额头上大滴大滴地淌着汗水。我凑近去看他，发现他左手的大拇指和食指已被压成了扁平状，软绵绵地垂挂在手掌边缘，一副血肉模糊的样子。他显然是干活时分心，把铁锤砸在了自己的手上。他一脸苍白地坐在那里，受伤的手用另一只手托着，两片青紫的嘴唇哆嗦不止，喉结也急剧地涌动着，从嗓子里发出一连串低沉的怪叫。又过了一会儿，这个坚强的汉子身子一歪，轰然塌倒在院子里。我被吓呆了。我知道，对于一个石匠来说，失去了手指，就意味着他的石匠生涯至此结束。

果然，没过几天，老孔手上的伤都没来得及治，就从我家离开了。我记得那是一个黄昏，夕阳落满巷子。那种熟悉的叮当声没有了，院子里静得出奇。老孔将一包零碎的东西甩在肩上，跟我母亲打了声招呼，便头也不回地走掉了。母亲并没有挽留，她坐在堂屋里，一刀一刀地剁着一捆猪草。她剁草的刀声有点儿紊乱，不像往常那样清晰明快。也许母亲是想将这个男人留住的，然而在满巷子的流言蜚语面前，母亲只能让自己去扮演一个冷酷无情的角色。

五

老孔走了之后，我才深切地感觉到父亲的那种孤独和无依无靠。从山里把石料背回来的那天，父亲阴沉着脸，跟谁都不说话，只是一个劲儿地抽着烟。没过多久，地下便摊满一堆凌乱的烟头。在我的记忆里，祖父去世，父亲也没有这样黯然神伤过。

的确，老孔不在了，父亲是极其孤独的。当他独自一人待在院子里面对那些石头时，他敲打墓碑的声音是那样的紊乱和不安。父亲常常会跟我提起老孔，言语间充满怀念与惋惜。父亲的惋惜让我觉得那个倒霉的男人一直待在我家里，从未离去。也许，父亲也是这么想的。每当黄昏降临巷子，昏暗的光线让我家院子开始褪色的时候，父亲便会走到老孔曾经住过的那间房。他在老孔睡过的地方坐下来,抓起一把陈旧的干草,放在夕阳里反复端详。

父亲问我,闻到他的气味了吗?

我也抓起一把干草,放在鼻子底下闻了闻,摇着头对父亲说,没有。

这些干草是老孔刚来我家的时候,父亲从田野里背回来给他铺的,在老孔的辗转反侧之下,干草早已变得凌乱不堪。我从干草里闻出来的,是一种陈旧腐烂的气息。这不是老孔的气味。我想,既然老孔是石匠,那么他身上的气味,就应该跟我父亲身上的气味是一样的。

父亲说,这就是老孔的气味。

我把一块石头递到父亲跟前。我说,这才是他的气味。

父亲说,那只是石匠的气味,留在干草上的,才是属于他自己的气味。

我问父亲,那属于你的气味在哪里呢?

父亲笑了笑,然后指着母亲。他说,我的气味在你娘身上。

说完后,父亲就在干草上仰面躺下了。说来奇怪,那段时间,父亲躺在母亲身边时,总是辗转难眠,可是躺在老孔的房间里,他很快就可以安然入睡,呼噜声一直持续到天亮。母亲对此相当恼火,有一次,母亲在整理老孔那间空房的时候,想将那堆干草扔掉。然而父亲不让。父亲说,还是留着吧,他也许还会回来的。母亲想了想,就留下了。对于老孔的离去,母亲是有些愧疚的,但是在当时的情况下,母亲也是受害者,然而母亲终究是个懂事理的人。在这场风波当中,老孔和她一样,是无辜的。

大概过了两个月,父亲的心情才慢慢平静下来。在此期间,墓碑的主人数次光临我家院子,督促父亲的工作。见父亲迟迟未动,这位处于生命尾巴上的老人显得有些急躁。有一次,他忧心忡忡地对我父亲说,你要是再不动手的话,可能这块墓碑还没雕好,我这把老骨头就已经入土了。

父亲安慰那位老人,他说,您放心,在您的有生之年,我一定会让您看到那块墓碑的。

有了父亲的承诺,老人才高高兴兴地离开了,他知道我父亲是个言出必行的人。从这个老人身上,我更加理解了墓碑存在的意义。对于一位即将入土为安的人来说,又有什么能比一块精致的墓碑,或者是一副上好的棺材让他心满意足呢?

父亲总算是动手了。开工的那天,父亲脱去上衣,光着膀子坐在院子里,他一碗接一碗地喝米酒,苍白的脸色变得红润。一坐到那块石料面前,父亲原本佝偻着的腰背猛然挺直起来,他举起铁锤和钢錾开始敲打。那种坚硬的叮当声一起,我家那座死气沉沉的院子瞬间焕发出生机。在我看来,坐在石头面前的父亲,比任何时候都要光彩夺目。我觉得这时候的父亲是无所不能的。

父亲尤其重视这块特殊的墓碑,从他小心翼翼的敲打声里,我可以分辨出这块墓碑在父亲心中的分量。父亲在那块石料上每敲下一锤子,都显得万分谨慎,仿佛他并不是在敲打一块墓碑,而是在刀尖上缓慢地行走。

父亲的手艺是值得信赖的,只用了一个月不到的时间,这块墓碑的雏形便出来了。接下来的工作就是雕刻。父亲告诉我,这就叫作“细活”,在他们这一行里,只有掌握了所有的细活之后,才称得上是一名真正的石匠。说这些的时候,父亲总会在无意中提起老孔,他说老孔外表愚钝,其实内心聪颖,如果他不是个瞎子,在石匠这一行里,绝对是个百年一遇的奇才。说到这里,父亲的叹息声便在院子里漂浮起来。

雕龙之前,父亲休息了三天。在这三天里,父亲什么事都不做,只在镇上的一些祠堂和庙宇之间蹿来蹿去,从一些木雕或是石雕中寻找灵感。有的时候,父亲还会虔诚地跪在神龛面前,烧香念佛。父亲一直都是个无神论者,他这样做是为了让自己沉下心来。父亲说,雕龙的时候,是不能有一丝分心的,一旦掉以轻心,龙就会走形,就活不起来。

我说,不就是一块墓碑吗?只要有龙就行了。

父亲板下脸,很严肃地对我说,这龙活与不活,看似毫厘,实则千里。

我闭紧嘴巴,不再说话。我知道父亲的性格,作为一名石匠,他不允许自己雕出来的东西有瑕疵。

开始动手雕龙的时候,父亲反锁院门,将自己一个人关在院子里,不允许任何人入院打扰,包括我和母亲。那段时间,我只能透过我家窄小的窗口,窥探父亲的身影,他凝重地坐在那块墓碑面前,偶尔才拿起工具活动一下,他用于思考的时间,远多于动手的时间。墓碑上的那条龙是从尾巴上开始雕的,进度时快时慢,父亲有时一天可以雕出长长的一段龙身,有时只雕一个鳞片,或是一个脚趾、一朵祥云。然而不管怎么样,随着时间的推移,这条龙奇迹般地在父亲手底下慢慢“长”出来了。父亲最后雕的是龙头,龙头的初坯雕好之后,再雕出龙角、龙须、龙牙、龙耳等细部。等雕到龙眼的时候,父亲又将手里的工作停下来了。父亲告诉我,龙头就跟人的脸面一样,一条龙雕出来之后,活与不活,就从龙头上见分晓,而龙头当中,最重要的就是龙眼,龙眼雕好了,这条龙就是活的,如果龙眼没雕好,其他地方哪怕是雕得再好,也是死龙一条。

这次工作停下来之后,父亲又歇了三天。三天之后,才走进院子,去完成他最后的一道工序。当父亲满怀信心地关上院门的时候,我无论如何也没有想到,他这一去,竟会成为我们之间的永别。

这天傍晚,该吃饭了,可是父亲还没有从院子里出来。母亲吩咐我去把父亲叫出来。我走到后院,在院门上拍打了半天,父亲没有应答。后来我又走回屋子,透过窗口,看到父亲一动不动地靠在那块墓碑上,两眼圆睁,两只手垂在那里。我立刻闻到了一种不祥的气息。我叫了两声爹,父亲没有应答。我立即掀开窗口,越过窗台跳进了院子。我走到父亲身边,触摸他的手脚,这时的父亲,已经全身冰冷了。我抓住他,用力摇晃。随着轰隆一声响,他跟那块墓碑一起,僵硬地塌倒在地上。这时候我才知道,父亲已经死了。我吃力地将父亲从墓碑上移开,看到了墓碑上的那条龙,两个眼睛已经雕出来了,却没有半丝光彩,看上去就是灰暗的两个圆点,像瞎了一样。我立即想到了老孔的那双眼睛。我开始号啕大哭,在一片泪光之中,我看到母亲跌跌撞撞地冲进了院子。

六

父亲死去的那天，老孔又回到了巷子里，是摸索着走来的。当时我父亲的葬礼刚刚开始，院里院外的痛哭声一片，然而，在这些听起来悲痛欲绝的哭声里，除母亲之外，真正为我父亲而哭的人屈指可数。巷子里的男女老少，之所以前来为父亲奔丧，大多数是冲着那几顿丧饭而来的。在父亲的葬礼上，他们毫不吝啬地把自己的嗓子哭哑，然而一坐到饭桌前，他们便开始谈笑风生，食欲也奇佳，一个个狼吞虎咽。如果不是老孔出现在我父亲的葬礼上，我对父亲那场葬礼的记忆至今也许就是一片空白。老孔的到来，使父亲的葬礼多了些悲壮的成分，在一片低回的哀乐中，这个男人两腿一弯，扑通一声就跪下了，再也不肯起来。在父亲的整个葬礼当中，老孔自始至终以这个虔诚的姿势，长久地跪在我父亲的灵牌前，发出沙哑的痛哭声，他眼里的泪水饱满丰盈。我很难相信，这样一双充满感情的眼睛，居然是瞎子的眼睛。

安葬好我父亲后，老孔在我家里住下来了，这出乎我和母亲的意料。然而，我们心里是感激的。父亲一死，家里就像被搬掉一座大山，我心里一下子就空了许多，然而老孔却像另一座大山一样，默不作响地填补了父亲留下的空缺。在此后的日子里，我和母亲能安安稳稳地生活下去，完全是深受老孔的恩惠。因为老孔的支撑，父亲死后，我并没有觉得家中缺少什么，我甚至没有为此事而过多悲伤。我觉得一个人的死去，就和一个人睡去没什么两样的，只是父亲睡的时间长了一点而已。也许是老孔与父亲过于相似的缘故,很多时候,当我独自面对老孔,并闻到那种熟悉的石头气息的时候,我感觉就像是面对着我的父亲。

老孔与我们孤儿寡母相依为命,转眼就是二十年。说起来真是奇怪,在这二十年里,我和母亲再也没听到过任何的闲言碎语,我们从这条巷子里感受到的,是一种难得一见的温暖和包容,尽管在这种温暖的背后,仍然会带有质疑和猜测。事实上,在这二十年当中,我母亲和老孔之间,半点越轨的事情也没有发生过。他们守着各自的心事,像一对挚友那样相敬、帮扶。关于重组家庭的事情,母亲并不是没想过,只是老孔不愿意。每次母亲提及此事,老孔就含含糊糊地搪塞过去。时间一长,母亲也就闭口不提了,他们之间那种不即不离的状态一直维持至今。

老孔并没有如众人意料中的那样,接过我父亲的衣钵去打造墓碑。老孔与我母亲合伙,在镇上租了一间门面,开了家工艺品店,店子里的大多数商品,都是老孔自己动手做出来的。老孔是个心灵手巧的人,即使左手已经残废,可他仍然可以凭借右手,在半个小时之内,将一把麦秆编成一顶精致的草帽,或者是结实耐用的杯垫碗垫。他经营的产品形形色色,但他从不经营与龙有关的制品。店里的生意非常不错,可是这么长时间以来,老孔却没存下多少钱,他穿着异常朴素,过着粗茶淡饭的生活。老孔的钱都花在石头上了。每隔一段时间,老孔就要雇几个人去给他开采石料,采下来经他验过之后,再吩咐他们将石料放到坟场里去。尽管他没有如我父亲所愿,去做一名石匠,然而这二十年来,每当黄昏到来,老孔都艰难地爬到那片坟场,坐在一堆石头面前敲敲打打。

老孔雕刻的,就是让我父亲在二十年前死不瞑目的那块墓碑。对老孔来说,这是一件异常艰难的事,连我父亲都没有雕出来的东西,要老孔这么一个瞎眼人去做,这无异于天方夜谭。在这些年里,我陆陆续续地看到老孔雕出了许多墓碑,令我感到惊讶的是,身为残疾人的老孔,雕出来的墓碑与我父亲当年雕下的那块墓碑相比,几乎是丝毫不差,只是墓碑上的那条龙,老孔雕来雕去也无法雕好,缺陷就跟我父亲当年所雕的那条龙如出一辙,龙头上的那两颗眼珠子十分呆板。父亲说得没错,只要是眼睛没雕好,整条龙便活不起来,因此,老孔雕出来的那些龙总是死气沉沉地伏在墓碑上,一副怏怏欲睡的样子。然而老孔一直没有放弃,这些年被他雕废过的石料,累积起来大概可以顶得上半座石山了。看到老孔,我常常会想起传说中的愚公。我时常会觉得,虽然父亲已经去世多年,但老孔与父亲之间,凭借某条神秘的通道,依然有联系。我隐隐有种预感,老孔注定也将走上一条跟父亲同样的路。

这年夏天,我的预感应验了。老孔也是在黄昏里上了山,那种叮叮当当的声音响了一阵后,突然就停下了。我看到夕阳转瞬间浓酽起来,大片大片的云霞铺在山尖,晚风犹如千万双手,从黄昏里伸出来,一起摇撼着这条巷子。这天傍晚,在该下山的时候,老孔没有下山。我猜测老孔出事了。

到了晚上,我和母亲打着两只手电,去了坟场。如我所料,我们找到老孔的时候,他已经死了。就跟我父亲当年死去时的情景一样,老孔手脚冰凉,仰面躺在一块墓碑上面,眼睛深陷在眼眶里,没有闭上。我将他僵硬的身子扳过来，发现他身下压着的，是一块蛟龙穿壁的墓碑，已经雕得差不多了，只是那条龙还是死的，两只眼睛毫无光彩，看上去死气沉沉。

老孔虽然死了，然而，就像我父亲当年死去一样，我没有感到任何伤悲。也许是从老孔上山敲打墓碑的那天开始，我就预料到了结局。此后我回想起老孔的时候，就跟回想起父亲一样，记忆里只有一块苍白的墓碑，以及无数个被敲打声填满的黄昏。我坐在老孔身边，拿起一把纤细的钢钎，想在龙眼珠子上刻两下。母亲却伸手将我阻挡住了。她问我，你带钢笔了吗？

我说，带了。

我从口袋里掏出钢笔递给母亲。母亲弯下腰去，在那条龙的眼睛上涂了两点。这时候，奇迹突然出现了，墓碑上的那条死气沉沉的龙有如脱胎换骨一般，瞬间活了过来，它张牙舞爪，似乎想从石头上腾空而去。原来现实就是这么的滑稽与残酷，父亲与老孔追求了一辈子而未能实现的愿望，我母亲却轻而易举地达到了。我惊呆了，手中的钢钎当的一声掉到墓碑上，空山里响起一阵悠远的回音，这种声音就像刀子一样，尖利地洞开了我对父亲和老孔这两个石匠的所有回忆。

2006 年 10 月初稿

2017 年 10 月修改

千层底

儿子这次回家有点突然,事前连声招呼也没打。女人显然还没做好心理准备,她接到儿子电话的时候,儿子很突兀地说他已经进村了。女人惊讶地啊了一声,似乎不敢相信这是事实。她立即仓促地把电话搁下,然后跌撞着冲出屋子,站到门前的积雪堆上。女人举目望向村口,儿子就像变魔术似的,与另一条瘦小的红色人影相携着,影影绰绰地出现在白茫茫的雪地里。女人估计那就是儿子的女朋友,她极力调整自己的视线,想把这个女孩看清楚,可她却只能看到飘忽的一团红色,如同一支燃烧的火把在雪地里晃动。雪太大了。女人急得不知怎么办才好。

这场雪已经纷纷扬扬落了好几天,一直都没有要停下来的意思,天冷得厉害,漫天的雪花不知疲倦地疯扑,整座村庄就如同被粉刷过似的,全被这些飞絮般的雪花涂白了。猛然看到儿子出现,女人脑子里晃出一片空白,仿佛那些雪花突然间涌进了她的头颅。雪落得的确有些气势,厚实的雪幕把远处的东西都雾化了,隔着雪幕远看,什么都不分明。女人看不清楚儿子的面容,她只能凭着他走路的样子,辨认出那个正从雪幕中穿过来的瘦高影子就是自己的儿子。对女人来说,儿子回家是件大事,可现在家里什么准备都没有,他怎么就回来了呢?女人焦急地搓着双手,嘴巴张开,嘴唇像水蛭那样蠕动着。

为了迎接儿子，女人觉得有必要大喊一声，好引起他的注意，然而她还没来得及喊，她的眼眶一热，紧接着声音就哽咽了，儿子的名字被卡在了嗓子里，怎么都出不来。儿子三年一直没回过家，现在突然出现在女人眼前，女人实在是说不出的激动。

儿子来到女人面前，女人张着嘴巴啊了一声，还是说不出话，只是从嘴巴里啊出一堆雾蒙蒙的热气。儿子瓮声瓮气地叫了声妈，他显然不像女人那样激动。我回来了，儿子淡淡地说，您身体还好吧。然后就把行李扔在地上，腾出手来拍打身上的雪花，好像到了家，他最重要的事情，就是先清除掉衣服上和头上那些雪花。

女人赶紧仓促地回答，还好还好，能吃能睡的。女人像鸡啄米一样连连点着头，她终于能说出话了，声音却还是哽咽着，仿佛嗓子里塞满沙子。你倒是比以前更瘦了，你看你，眼窝都陷下去了。女人心疼地伸出手，想摸摸儿子的脸，然而她的手伸到一半，就僵硬了，好像是碰到了一堵坚硬的城墙。女人把目光从儿子脸上撤下来，沉默着凝视女孩。这个她听说了多次却从未见过的女孩正紧抿着嘴唇，挽着儿子的胳膊，脑袋像抹了胶水似的黏在儿子肩头，样子显得十分亲密。女孩也不说话，并不是由于羞涩，而是言语不通。女人听不惯普通话，女孩也听不懂方言，这地方的方言比天书还难懂，外地人听起来就像是鸟叫。女孩一脸的微笑，女人审视她的时候，她也用温柔的目光回应女人。就这样，没有说话，她们之间的交流就算完成了。女人猛然哆嗦一下，一股忧伤从心底升腾起来。有了这个女孩，她觉得儿子跟以前还真是不一样了，具体是什么地方不一样，一时又说不清楚。总之，她觉得儿子不再是以前那个不经事的男孩，他是个堂堂正正的男人了。男人就得有点男人的样子,女人不敢再对儿子有过于亲昵的举动。女人的手在空中停了一瞬,然后黯然垂落到了儿子的行李上。

外面冷,快进屋里坐,女人回过神后叹了口气,她麻木地打着招呼,也不知是招呼儿子,还是招呼未来的儿媳妇。然后就拎起行李,领着儿子和女孩往家里走。雪落得更疯了,满天都是大片大片飞卷着的雪花,仿佛许多人正从天上往下抛撒鹅毛,村子里一片苍茫之色。北风又硬又冷,不时有窗户的撞击声或树枝的折断声响起,在空旷的雪地里传出去很远,又变成悠长的回音折回来。女人回头看着儿子,他向来不恋家,女人期待着儿子能跟她说点什么,哪怕是些烦琐事也行。然而儿子却只顾忙着用娴熟的普通话和未婚妻亲热地交谈。对女人来说,儿子的口音已经有点陌生,甚至有点冰冷,就像迎面而来的北风。北风正刮得无比凶猛,扑过来把女人的脸撞得生疼,她感觉自己仿佛被一个又一个巴掌抽打着。女人突然间感觉到了一种透骨的寒冷,像条巨蟒似的将她紧紧缠住。女人扭过头来的时候,两条腿不由自主地抖了起来。

进屋坐下,儿子才正儿八经地跟女人说起了话。我爹的坟墓,有多少年没去修过了?同时,他点了支烟,津津有味地抽着。儿子的第一句就让女人感到失望,像被谁在胸腔里掏了一把,空落落的。原来儿子这次回家,不过是为了他死去多年的父亲。女人鼻子陡然一酸,眼泪不争气地掉了下来。她好像有些嫉妒了,她想起了自己的丈夫,那个死鬼,生前的时候,儿子就喜欢跟他黏在一起,去世这么多年了,他还依然占据着儿子。而她这么个大活人，儿子却似乎从未记挂，这三年时间，儿子连电话都很少往家里打。

我每年都会去扫一扫的，女人悲伤地回答道，去年的时候，我还请人在坟头上加了层水泥。儿子嗯了一声，他说，我想去爹的坟前看看，把坟墓上的灰尘清一清，让他睡得更安稳些。儿子贪婪地吸着烟，鼻孔和嘴巴里萦绕起一层厚重的烟雾。女人心里又是一酸。儿子吞吐烟雾的动作，让女人恍惚觉得，坐在她面前的，已然就是那个已经死去多年的男人。男人生前没什么坏毛病，就喜欢抽烟，一坐下来就抽个没完没了，女人总担心他的肺会变成两块黑炭，后来，男人的肺果然就被烟熏坏了。男人死于肺病，咳出一大摊血后，就很不负责任地扔下她们母子俩，撒手西去。现在，坐在女人面前抽烟的，由那个苍老的男人换成了年轻的儿子，女人更加担心，她害怕儿子会像男人一样咳嗽着死去。从抽烟的姿势上来看，他们父子两个，简直就是从一个模子里印出来的。女人的眼泪流得更厉害了。儿子问她，怎么啦？

女人说，没怎么，眼睛里进了沙子。女人怕儿子看到，赶紧将脸偏到一侧，像抹汗水似的，胡乱地用袖子将眼泪擦干，然后扭头望向窗外。窗口正对着一片丘陵，也许是地势较高的缘故，跟平地比起来，那里的雪层堆积得更厚重些。许多梯田层层叠叠排列在丘陵上面，梯田与梯田之间的那些田埂，如同画笔在丘陵上勾勒出一层层柔和的雪线，远远看去，由雪线组成的图案就像一棵老树的年轮。男人的坟墓就在丘陵上面，早已被棉花般的大雪覆盖了，只能隐约看见那块苍凉的墓碑，在雪光中反射出一抹灰暗的青色，像位哨兵似的立在那里，看上去是那样的孤单。女人禁不住又哭了起来。男人生前，把大部分时间都扔在了田地里，死后，尸骨还是埋在那里。活着的时候，男人就像热爱自己的女人一样，虔诚地热爱着自己的田地，临死之前，男人依然对田地念念不忘。等我死后，就埋在那里了，男人气息微弱地说，然后脑袋一歪就死了。死的时候，男人手里还握着一把黄色的谷种，他的手死死地攥成拳头，直到进了棺材，也没让那些谷种从指缝间撒出来一粒。

下葬的时候，女人依着男人的意思，将男人安葬在了那块水田里。此后那块水田就像男人的生命一样，安静地死去了，至今荒芜着。并不是女人生性懒惰，女人其实是个很勤快的人，里里外外的活都能干，只是男人葬在那里之后，女人就再也不敢下田了。她一站到那块水田里，全身上下就会条件反射似的发痒。她曾经多次在梦里见到过男人，男人就站在那块水田下面，当女人下到田里的时候，男人就抓住她的双脚，将她死命地往地底下拖。变成鬼后，男人的力气仿佛更大了，女人毫无还手之力，只能眼睁睁地被那双粗糙的大手拖进黑暗里，然后她尖叫着，从噩梦中满头大汗地醒来，欣慰地发现自己仍然活着。女人并不是怕死，男人死后，她甚至想到过自杀，一个人活着多艰难啊，还不如喝点农药，两眼一闭，跟着男人去地底下享享清福算了。但女人也只是想想。她也只能想想，真的要她自杀，那是万万不能的。做人哪能这么自私啊？她要是撒手去了，儿子该怎么办？

男人死时儿子才十二岁，正是什么都懂一点，又好像什么都不懂的年龄。女人又当娘又当爹。没有了男人，这个家仿佛一下子就崩塌了，母子俩就像两条无舵之船，毫无安全感地在生活里漂泊着，日子过得无比艰难，经济拮据，精神也万分痛苦，白天黑夜都难熬，就好像她生命里多出了一双无形之手，把她的时间无限拉长了。半年之后，有人建议女人再嫁，对象是隔壁村子里的民办教师老刘。女人点头同意了。找个男人不光是自己的事，更重要的是为了儿子。与女人比起来，儿子的压力似乎更大，没有了爹之后，个性开朗的儿子突然就变得沉默寡言了，有时候十天半月都不开口说一句话。儿子甚至郁郁寡欢地向她提出过，干脆让他辍学算了，他说他长大了，能挣钱养家了，他要出去打工。女人当然没有答应，她就这么一个儿子，不能让儿子的前途就这么毁掉。女人颤抖着扇了儿子一耳光，然后摸着儿子的脸号啕大哭。为了儿子，她觉得自己真应该找个男人了，男人才是家庭中的支柱，才能支撑起她和儿子的生活。

女人对老刘多少有些了解，她从媒婆嘴里知道这个老实的男人为人不错，只是命不好，娶了老婆四五年之后，才让老婆怀上孩子，没想到生小孩的时候，老婆却难产，分娩的当天血流成河，和孩子一起死在了医院里。老婆死去之后，老刘一直没有再娶，他把精力全都放在了自己的学生身上，白天在教室里讲课，晚上就在家里备课，颇有点不食人间烟火的意思。媒婆说，老刘就这样孤单地过着日子，已经挨过了好些年，也没听到有关他的什么风流韵事。女人便更加放心了。在女人眼里，像老刘这样的男人，应该是靠得住的。而对女人，老刘也很有感觉，私下里见面的时候，他啊啊啊地点着头，似乎是激动得说不出话了。因此，那根红线一搭，俩人就顺理成章地睡到了一起，然后在床上商量着把婚事定了下来。女人只向老刘提了一个要求，她必须守住丈夫留下来的那片祖屋，她准备老死在那几间屋子里，不想挪窝。女人的意思是要老刘倒插门。老刘当然答应，他多少算是个知识分子，对那些陈规陋习不太在意。

老刘当天就收拾好东西，准备来女人家里，跟女人一起生活。女人却红着脸拒绝了。这地方还有个习俗，倒插门的男人第一次来女方家里时，必须穿上女方亲手纳的千层底布鞋，好像是把千层底一穿上，这男人的脚和心也就被套牢固了。因为老刘是倒插门，所以女人也得为他做双千层底，该尊重的风俗，还是应当尊重的。女人买了针线，又从邻居家借了鞋样，然后从裁缝店里找来许多碎布，就开始纳鞋了。女人对那双鞋的态度是很认真的，尽管她并不是个心灵手巧的女人，但她还是一针一线地，尽可能把鞋底上的针脚纳得细密匀称。女人觉得有些奇怪，由于手上功夫的生疏，她笨拙的手指经常会被针尖扎着，可她竟然感觉不到疼，就好像她对老刘的那份渴望和温情，全在那一针一线里了。她还真是有点喜欢老刘的。

千层底做好的那天，女人把儿子叫到了跟前。她犹豫着问儿子，你想不想有个爹？儿子偏着脑袋看女人，没说好，也没说不好，目光里满是惊讶和迷惘。女人就笑了，她想自己真是糊涂到家了，这事哪能问儿子呢？儿子才多大啊。女人把千层底交到了儿子手里，让他去送给隔壁村的刘老师，女人说，他穿上这双鞋，就是你爹了。儿子颤了一下，还是不说话，拿着布鞋，一转身就走了。回来的时候，那双崭新的布鞋却没有送出去，而是相当滑稽地套在儿子的脚上。由于鞋子有点大，而儿子的脚又实在太小，他穿着那双布鞋的时候，就像是站在两条空荡荡的船上。女人不禁有些恼怒。她想儿子穿什么不好呢，偏偏要把这双极不合脚的布鞋套在脚上，他要是真想穿布鞋，只要他说一声，她立即就可以给他做一双的。女人想责怪儿子两句，然而她的嘴巴只是动了动，立即又闭上了，那些恼怒的话最终被她咽进了肚子里。丈夫还在的时候，女人对儿子是很严厉的，该骂的时候就骂，该打的时候就打，人看小树看苗，小时候要是不好好管教，长大了肯定就会成为一匹野马。女人从不像丈夫那样惯着儿子。可是丈夫一死，女人对儿子就变得格外慈爱起来，没有了爹，儿子身上承受的东西太多了，女人不想让儿子再受半点委屈。不就一双布鞋嘛，穿了就穿了。女人只好连夜动手，她马不停蹄地又忙了几天，重新做出了一双千层底。这双鞋做好之后，女人想来想去，最终还是要儿子替她送过去。她把那双鞋交到儿子手里的时候，两只手不由自主地有点抖，就仿佛是把自己的命运也交出去了。然而儿子在外面转悠了半天之后，又穿着这双布鞋回来了。女人质问儿子，这究竟是怎么回事？儿子低着脑袋，闭紧嘴巴不说话，眼睛狠狠地盯住脚上那两只硕大的布鞋。女人心里便压上了一块石头，沉甸甸的，她明白是怎么一回事了。女人没有多想，毅然推掉了她跟老刘之间的婚事。

在那些年里，女人虽然没跟老刘结婚，但她仍然背着儿子，在暗地里跟老刘来往。她离不开这个男人。确切一点说，是儿子离不开这个男人。儿子上着学，读完初中还会接着读高中，然后是大学。女人早就为儿子设计好了将来的路，但她知道凭自己的能力，无论如何都无法支付起儿子高昂的学费。而老刘上无老下无小，除了自己的一日三餐，基本上没有别的负担。况且老刘的确是个难得一见的好人，跟女人在一起的时候，女人倘若有什么要求，只要她说得出口，老刘准会爽快地答应，从来都不去追问原因。儿子从小学到大学的学费，全是从老刘工资里捞出来的。女人知道，在心理上，老刘一向都将他看成自己的儿子。女人这么想着的时候，不禁对老刘生出许多愧疚。她发现自己跟老刘交往，不仅仅是感情上的需要，更多的还是为了儿子。

因为怕被儿子发现，女人每次去老刘那里的时候，都要避开所有人，她只能在深更半夜，蹑手蹑脚地摸黑去，做贼似的，这种恐慌状况一直持续了好些年。直到儿子上了大学，女人才没那么提心吊胆了。儿子上了大学以后，有人建议女人公开她与老刘之间的关系，然后光明正大地跟他住在一起，老这么躲躲闪闪的，活得多累啊。但女人没有听从旁人的建议。儿子没有松口，女人便不敢公开捅破这层纸。况且，长年累月下来，她与老刘之间那种偷偷摸摸的相会，已经成了她的一种习惯。儿子离开家乡以后，女人仍然习惯摸黑去老刘那里。女人惊讶于自己良好的方向感，这么多年来，不管天黑得多么厉害，女人从来没有在那条路上摔倒过。直到现在，女人虽然有三年没去过那里了，然而她即使闭着眼睛，也依然能从一个村庄走到另一个村庄，然后找到老刘家的门。那条将老刘与她联系在一起的路，就像是印在她的脚底下了。

老刘虽然没能来到女人家里，但这么多年以来，这个男人在女人心里占据了至关重要的地位，比起那个死鬼男人来，老刘所留下来的印象，在女人脑海里似乎更要深刻些。女人想到这里的时候心里一暖，忍不住会心地笑了起来。她回过头来看了看儿子。儿子仍然在和未婚妻亲热地交谈着，他们之间似乎永远都有说不完的话题。而女人，则被冷在一边了。女人心里又开始泛起了酸楚，她觉得这个陌生的女孩就好像是一扇门，咣当一下，就将她和儿子隔起来了。儿子在门里，她在门外，有了这扇门之后，儿子身上就多出了许多让她无法洞悉的秘密。在女人眼里，儿子好像突然变得陌生了。女人抹了抹眼睛，她听到北风呼啸着扑打在窗户上，把玻璃压得吱嘎作响，还有些风从窗户上的缝隙里强行挤进来，把她脸上的泪痕瞬间就刮干了。女人又感觉到了冷，她浑身一哆嗦，打了几个寒战，心里才平静了不少。女人想，其实在儿子面前，她自己也是有着一些秘密的，她和老刘之间的一切，儿子大概是永远也不会知道的，当年儿子将她那两双千层底留下之后，便以为她跟老刘之间什么事情都没有了。

女人的目光再一次望向窗外，雪还在疯狂地飘着，就像是疯掉了，一场尚未逝去，另一场更大的又接踵而来。女人从来都没有见过这么大的雪。她想儿子回来得恰是时候，这三年以来，儿子一直在南方那座城市里待着，那里看不到雪。儿子这次回来，老天爷就像是特意照顾似的，将这三年的雪一起铺下来了。儿子在屋子里坐了一会儿，果然待不住了，说是要去玩雪，然后真的就拉着女孩出去了。儿子玩起雪来疯得厉害，小两口大呼小叫地在雪地里闹着，像两个特别淘气的孩子。女人也跟着来到门外，她倚住门框，心满意足地看着儿子。儿子高兴的时候，女人心里也毫无由来地明亮起来，就好像这三年积压在心里的许多尘埃，都随着儿子的那种兴奋而瞬间被清除掉了。虽然儿子很少跟女人说话，儿子的热情似乎也已经被他身边的那个女孩夺取了，然而不管怎么样，只要儿子在她身边，女人的心里总是踏实的。

女人捂着嘴巴，故意咳嗽一声，想引起儿子的注意。然而儿子浑然不觉，仍然只顾着陪未婚妻玩雪。女人不禁有点扫兴，她把目光从这两个年轻人身上撤下来，回头望向村口。村子里四处堆积着炫目的白色，雪层越来越厚了，积雪被北风刮掉一层之后，转眼间又疯狂地铺上另外一层。女人把目光伸到更远一些的地方，那里被雪铺得更白，厚实的雪幕把天空和大地连接起来，让人看不清天地之间的界线。丘陵上的雪线越来越模糊了，就像被谁擦过之后留下的痕迹。男人的那座坟墓，已经成了一个肥硕的白色雪包，幽静地隆起在白茫茫的田垄里。

儿子和女孩在雪地里一直玩到了中午，雪逐渐小了，儿子和那女孩都有些累了，有许多白色的热气丝丝缕缕地从他们头发间和嘴巴里冒出来，但俩人依然乐此不疲，照样像两只兔子那样在雪地里蹦跶着。

女人忍不住了，她站在门口问儿子，什么时候去你爹的坟头？儿子终于停了下来，他将两个手掌合起来拢在嘴边，不停地哈着热气，儿子说，等雪停了就去。说完之后，便抹了把汗。天冷得更厉害了，儿子额头上被汗水滚过的地方，转眼间就凝固成薄薄的一层冰花。女人的脑门上也淌满了汗。儿子有些惊讶，母亲站着没动，怎么会出汗呢？他低下头去，发现母亲的两条腿是用力绞着的。母亲站立过的地方，已经被脚底板碾出了两个像太极图一样旋转着的印记。

在这一瞬间，儿子的目光就像生了根，凝固在母亲脸上了。他伸出手，想替母亲擦掉额头上的汗。但那只手伸到一半又突然变向，落进了自己的裤兜。儿子掏了支烟，点上了。你回去吧，外面冷，儿子说。他的话还是那么简短，嘴巴翕动的时候，唇齿间萦绕着冷冽的白雾。女人却感觉到了温暖，从儿子的目光中，女人似乎找回了某些失去的东西。这场雪迟早会停下来的，女人这么想着，等雪停下来，到了男人坟前的时候，她再好好跟儿子说会话。

雪又下了两天，才终于停下来。这场雪一停，乌云就散去了，紧接着太阳升了起来，屋檐下滴起清脆的水声，雪开始化了。雪来得快，消失得也快，只不过半天的时间，路上便露出了黑色的泥泞。女人和儿子要去给男人上坟。儿子的未婚妻却不肯去。她似乎患有严重的洁癖，老是抱怨家里没铺地板，刚到家的那天，女孩便蹙着眉头，像只苍蝇一样嗡嗡不止，为什么不铺地板呢？你们看看，你们仔细看看，多脏啊。女孩大惊小怪地叫着。在女人看来，家里没铺地板，是很正常的事，乡里人家，成天有人进进出出的，没那个必要。况且，女人觉得家里并不脏。可是儿子的未婚妻却受不了，平时在家里走动的时候，她也总喜欢提着两条裤管，就像是正在趟过水洼那样，小心翼翼地跳来跳去，生怕裤管上沾染了尘土。

女人实在是有点看不惯这个生长在城市里的姑娘，她常在暗地里这么想，如果这女孩不是儿子的未婚妻，也许她早就把她赶跑了。然而她恰恰就是儿子的未婚妻，是自己未来的儿媳妇。因此，尽管女孩的每一个动作都像是一根刺,扎在女人的眼睛里,但在这个女孩面前,女人不得不时时刻刻都装出一副热情和蔼的样子,容忍着女孩的诸多不是。儿子要去给父亲上坟,他建议女孩也一块去,女孩却以路上太脏为由拒绝了,她夸大其词地说泥巴太多了,这哪里是路,明明就是沼泽。她担心自己会陷在那些泥巴里。女孩说得煞有介事,好像从家门口到坟地,不是短短的一段路,而是漫长的二万五千里长征。女孩执意不去,儿子也就不勉强。女人有点恼火,在女孩面前,儿子总是那么软弱,以后他怎么能管住自己的老婆呢?

最后只能是母子俩去了。到了田垄里,男人的坟墓就安静地躺在那儿。儿子把一炷点燃的香插上坟头,没垫任何东西,就屈着双膝跪了下去。儿子在家里的时候很开心,来到坟前,却放声哭了起来。女人更难受了。这次回家,儿子的心思,好像全都放在了未婚妻和他死去的父亲身上了。而自己,像是被抛弃了似的,被儿子冷在一边,今后还会有谁想起她呢?在坟前祭拜的时候,儿子不停地叫着他父亲,向这个死去多年的男人唠叨着一些陈年往事。而跟女人,儿子却仍然只说很少的话。女人问起他的时候,他就嗯嗯啊啊地应付着,或者干脆就只是点点头,摇摇头,用这些简单的肢体语言跟女人交流。女人的一堆话,都被儿子的沉默寡言逼回到肚子里。她只好也这么沉默着,看着儿子的脸在香火腾起的烟雾里逐渐模糊。

坟很快就扫完了。儿子返回家里开始收拾东西。女人说,要走了吗?儿子说,要走了。女人抖了一下,脑子里嗡嗡响着,就像飞进了许多蜜蜂。儿子说,只请了一周的假,扫完坟之后,我就得走。女人又抖了一下。然后她看到儿子进了房间。这么多年来，儿子的东西仍然被女人原封不动地保存在那里，那些被子床单还有枕头，都是儿子在家的时候用的。整个房间，至今还留有儿子那时候的气息。这些年来，女人每天都会进儿子的房间，要么扫扫地，要么整理一下铺盖，无事可做的时候，就站在那里，呆呆地耗上半天。有很多时候，女人闻到了床单上儿子留下来的气味，她会恍惚觉得儿子就睡在那里。

过了一会儿，女人看到儿子拿着一包东西出来了，他将这包东西塞在了女人手里，就像女人当年把那双千层底交到儿子手中那样。女人又是一抖。儿子终于又正儿八经地跟女人说起了话。儿子说，妈……女人嗯了一声。儿子接着又说，我们走了以后，您要注意身体，寄给您的钱，该怎么花就怎么花，别老省着。女人激动地点着头，嗫嚅着，想说话，却什么也说不出来。儿子的这几句话，远比他从远方寄回来的那些钱更让女人感到宽慰。女人又有点想哭了，她发现自己其实是个性格柔弱的人，高兴和悲伤的时候，她都忍不住想哭。最后，儿子张着嘴巴，看着女人，似乎还想说点什么，后来儿子终于说了，他说，老刘这人，其实挺好的……

说完之后，儿子就走了。女人一边望着儿子渐行渐远的背影，一边颤抖着打开了儿子留下的包袱，当看到包袱里的两双黑色的布鞋时，女人啊的一声叫了出来。她赶紧伸出两手，蜷曲十指紧紧抓住门框，努力地支撑着越来越沉重的躯体，以使自己不会像被抽去了筋骨那样塌倒下去。女人一眼就辨认出来了，这两双已经变了色的布鞋，就是当年她做给老刘的那两双千层底。没想到这么多年过去了，这东西仍然被儿子保留着。女人恍惚明白过来,在这些年里,儿子并不是没记挂着她,儿子只是选择了另外一种方式,儿子对她的牵挂,全都封存进了这两双布鞋。然而,有件事情是儿子永远也不会知道的,三年以前,也就是儿子大学毕业去南方的那一年,老刘就已经死了。

2007 年 5 月

浪淘沙

一

父亲起得越来越早了，每天凌晨，他便下床。为了不影响家人睡觉，在穿衣洗漱之时，父亲像名手术医生，尽可能将自己的每一个动作放轻。其时我还无法睁眼，我只能在半寐半醒中依稀听到那些琐碎的声音渗进空气，刀子一般刺破黎明的寂静。

洗漱停当之后，父亲会去河边散步。他常去的地方是一片河滩，面积不大，整个地形呈葫芦状慵懒地挂在河边。河滩是河流衍生出来的产物。在我印象里，故乡的河流有着鲜明的双面特征，它既有血性汉子的狂野，同时又具有居家女人的娴静。这与河流走势有关，河水从西往东奔流，先是咆哮着从两座高山的夹缝间奔流而出，很有些气势，水花怒卷起来的时候有如万马奔腾。在地势陡然转平的地方，水面像扇子一样突然展开了，湍急的水流也随之温和下来，河流顺着平缓的河床蜿蜒流淌，千百年来经久不息，在故乡的土地上洗刷出这片河滩。

这地方叫磨石滩。河滩上盛产一种质地极好的磨刀石，因为这种产物,磨石滩曾经盛极一时,地名的由来也与此紧密相关。后来,磨刀石这种东西,就如同众多陈旧的历史遗物一样被遗弃在时光深处,磨石滩的昔日繁华也不复存在,只有这个地名,因具有某种纪念性的概念仍在抽象地延续着。

父亲的记忆也在延续。每天早上,他顺着河堤一路来到河滩。其时父亲已步入老年,他的步履远无年轻时那么矫健奔放,反而略显老态。走累之后,父亲会捶打着双膝停下来。他盘腿端坐在滩边的某块石头上,手搭住膝盖,混浊的目光凝视着浩荡的水面,其虔诚的姿势有如一棵老树驻守在河边。

父亲对着水面回忆起昔日时光。磨石滩啊……父亲喃喃自语,他苍老的声音飘入风中之后变得混浊不清。父亲端起一块石头放到眼前,这就是磨刀石的气味,他说。他悲伤的叹息如尘土般飘荡在河边。

我的看法与父亲完全相反,关于磨石滩,我认为那是一个早已消亡的名词。而在父亲的记忆里,这块地方从未消失。父亲固执地认为,磨石滩会像丰碑一样永存下去。父亲活在自己的世界里。就像每个迟暮的老人一样,在他逐渐老去之时,他只能靠回想昔日时光来打发所剩无几的光阴。在父亲年老力衰的时候,回忆成了他生活当中最重要的部分,就如同溺水者紧抓在手中的那根救命草。

事实上,磨石滩已经沉入历史,那些让它曾经享有盛名的磨刀石早已沦为往事。河滩在十多年前就被推土机扫平,后来又被锄头和钉耙不断深掘,它面目全非,至今无法还原。如今沙滩上满目伤痕,远远望去犹如残破的被褥打满补丁,那些能使刀口变锋利的粗砺卵石早已被淘金留下的泥沙覆盖。

那场淘金潮是从什么时候刮起的，我已记不清楚，所以我无法确切地说出那些事件到底出自哪个年份。我只记得，我的记忆从一位陌生男人开始，而那些关于淘金者们的故事也由此展开。

二

卡车经过一座拱桥，在桥头他被两只大手揪住脖子扔下了车，摔在地上的时候他没感觉到疼。那双手的主人是个满脸匪气的男人，叫金老大，淘金的汉子们都这么称呼他，以示尊敬。他知道在那伙淘金者当中，有很多人都被金老大扔过，在车上，在山谷里，有时甚至在悬崖边，摔得粉身碎骨失去踪影的也有。他算是幸运的，只被金老大从车厢里扔出来，好歹给他留了条命。

他记得当时车速很快，扔他下车之前，金老大吩咐司机加足马力，卡车拼命喘息着往前奔跑，他看到路两边的景物闪成模糊的两条直线。他的身体坠向地面的那一刻，他觉得自己死定了。

他摸摸被沙石路面硌肿了的屁股，湿了一块，再低头看裤裆，也是湿的，那股骚腥的液体正从裤裆里往外渗漏。在金老大面前，他太懦弱，他也不想尿裤子，但他怕，一怕那东西就抖出来了。他使劲在大腿根部掐了一把，有种火辣辣的感觉，回过神来后他发现自己仍然活着。

这地方他从未来过。他坐在被车轮搅起的尘土里，看着被染成迷蒙蒙的黄色的天空，漫天尘埃落尽后，他的视线又清晰了。这又是一个陌生的村庄，跟他之前去过的那些村庄大同小异，有青山有绿水，唯一不同的是，这个村庄还有一块葫芦状的沙滩斜挂在河边。他不知道这片河滩叫磨石滩。村子不大，很宁静，和他去过的所有村庄一样。这些年，他的生活版图就是由这些村庄拼成。他和一伙淘金者长年追随着金老大，从这个村庄走到那个村庄，从这座山翻到那座山，他们像候鸟一样不停地迁徙，把金子从地底下，或者从岩石间挖掘出来，换成钞票装进口袋。

他没能继续往下一个村庄走，金老大把他扔下来了。现在那辆大卡车载着金老大和那伙淘金的汉子已经绝尘而去，然而金老大那双手掐在他脖根处的印痕，仍然火辣辣地疼。他的女人水贝还待在车上，想到这里他鼻子猛然一酸，眼睛模糊起来。风扑过来把他的眼眶吹得冰凉，他站起来跺跺脚，抹一把泪水甩到地上，又坐下了。他抬头凝望远处的山峦，风卷起花草的香味从两座高山的夹缝间无声无息地涌起，贴着水面一路奔走到他面前。他看到河滩上细碎的沙土被风搅到阳光里，看起来五光十色，像无数条彩带飘在河边。那是石英的颜色。

有石英的地方就有宝贝，这是金老大告诉他的。对此他深信不疑。金老大是个出色的淘金手，养着几十个男人还有好几个女人，在那伙男男女女面前，金老大的话就是圣旨。不然他也不会带水贝出来。把水贝带在身边，他从没想过，他觉得女人就该待在家里。淘金汉子都把女人养在家里。要水贝出来是金老大的意思。出发之前，金老大说，把你家里的女人也带上，我就教你怎么淘金。他突然就动心了，这对他太有诱惑了。他一直都想成为像金老大这样的男人，带着一伙人走南闯北，腰包里揣着永远也花不完的钞票。尽管他知道金老大只能有一个，但他还是回家问了水贝。水贝很爽快地答应了，她说一个人待在家里守活寡，迟早会疯掉，她早就想出来了。他惊讶地盯着这个女人迫不及待地收拾着行李，头也不回地往外面走。关上家门的那一瞬间，他发现家里顷刻之间就空空荡荡，他的心也像被什么东西掏空了。他带着水贝上了车。

昨天夜里，金老大教了他很多东西，水贝在一旁听着。金老大教他怎么辨认石英，金老大说有石英的地方就有宝贝，后来金老大还教他怎么依据岩石的坚硬程度去分析石头里面是否嵌有水晶和金子。黄澄澄的金子啊，金老大说，学会这两样，足够你吃一辈子。金老大说到这里的时候，一只手已经摸上了水贝的胸。水贝没动。金老大的手便顺着领口滑下去，把水贝一只肥硕的乳房抓在手里。水贝抖了一下，还是站着不动。金老大点了支烟，一口一口抽着。

脱！金老大后来说。水贝便开始脱，她扭动身子，从容地把衣服一件件卸下来扔在车厢里。在烟头的明灭之间，他看到水贝酡红的脸庞在微弱的火光里亮一下又迅速隐入黑暗，他看不见她了，只能闻到她身上散发出一种类似于野兽发情时的潮湿气息。然后是金老大的烟头被掐灭了，黑暗中两条人影迅速搅到一起。他听到黑夜开始喘息，吹到他脸上的，不再是夜风的清爽和干燥，而有一种阴冷的潮湿，让他毛骨悚然，从头到脚不由自主地起了一层鸡皮疙瘩。他试图往前走两步，脚板马上就被钉死在原地，他发现脑门上顶着两杆冰凉的猎枪。车厢在剧烈抖动，水贝的呻吟随着车厢抖动的节奏此起彼伏。他觉得体内有种东西被清脆地撕裂开来。这幕场景一直重复到天明。他一动也不敢动，那两杆猎枪在他脑门上顶了一整夜。天亮的时候金老大问他，我教你的东西，你都学会了吗？

他点点头，说学会了。他的声音低得连他自己都听不到，然而金老大却听到了。学会了你就该下车了，金老大拧着他的脖子告诉他，爱去哪里去哪里。金老大只有一个。

他用乞求的目光望着水贝，水贝却把酡红的脸庞扭向一边，漫不经心地把额前散乱的头发捋到脑后。她不说话，他看到晨光和笑容都僵死在了她的脸上。他的心一下子就灰暗了。他觉得水贝已经不再是他的女人，而是一块石头。他想金老大真是神人，一夜之间就能把一个柔软的女人变成石头。这么想着的时候，他发现自己被金老大掐着脖子举了起来。金老大张开嘴巴对他呵呵笑着，一把将他扔了出去。那时卡车开得飞快，落地的时候扬起来的尘土将他的眼睛封住，他看不清卡车离去的方向。他没有觉得疼，只有恐惧和绝望，水一样漫过来将他淹没。

风又把石英的气味缓缓送来。他站起来拍拍屁股上的尘土，发现太阳已经悬在头顶。是正午了，沙滩被阳光照得发白，石英的颜色反射到空气里，弥散开来，令人眼花缭乱。从沙子里冒出的蒸气像松软无力的绳子一样弯曲着上升。他步履蹒跚地从拱桥上拐到河边，再沿着水边的长堤往河滩上走，一路上他迟缓地移动，那画面像电影慢镜头一样。他在河滩上找了块石头坐下来，看着幽静的村庄被明亮的阳光紧紧包围。

风还是从那两座高山耸立的地方吹来，到了河滩上突然变得平静，热气像棉袄一层层将他裹起来。后来他栽倒在河滩上，嘴巴里塞满沙子。

三

这男人我从未见过，父亲将他从河滩上背回家的时候，他已经奄奄一息。我怀疑他是个死人。那一年父亲尚未老去，虎背熊腰的他有足够的精力助人为乐。父亲自认为自己是个好人。然而在我的印象里，与其说他是个好人，还不如说他是在恪守一名赤脚医生的本分。

父亲年轻时学过医，他勤奋好学，差一点就成为神医。跟随师父还不到半年，父亲便觉得那个老朽的家伙已经黔驴技穷，他无须再学。后来父亲果断地自立门户，他无师自通，疯狂地迷上了制药。父亲找来各种中草药，按着自开的方子搭配，精心研磨之后制成一种黑乎乎的药丸。父亲坚信这种东西能医治百病，信心满怀的父亲在村子里草率地开始了自己的行医生涯，并为自己赚来不少名声，那时候的父亲简直就是村子里的神医。

在我的记忆中，父亲也的确是有些本事的，感冒发烧一类的小病，父亲只用两颗药丸就能药到病除。他的口碑不错，收费又便宜，别人收一斗米，他收五升，所以他很快就抢了师父的饭碗。

直到父亲用自制的药丸将我母亲治死，他作为一名神医的光环才被摘掉。那次意外让父亲前程尽毁。我母亲死后，再也没人愿意上门找父亲求诊。村里人坚信这么一个事实，既然父亲连自己的老婆都能治死，那就没什么人治不死的。一时失足的父亲只能黯然扔掉自己的药箱。

此后父亲在对母亲的无数次悔疚中检讨自己短暂的行医生涯中的失误，当年到底错在哪里父亲并不知道，他想破脑袋也找不出原因。我也找不出原因，为什么同样一种药丸，用在别的病人身上可以药到病除，而我母亲一服下去，没几天就变成了一幅黑白照片挂在墙上？此后父亲不再行医，也不愿意将自己的药方示人。但救死扶伤的行医精神始终刻在父亲骨子里，否则他也不会将这个陌生男人背回家里。

这男人是谁？我不认识。我想父亲也不认识，但父亲将两只袖子卷到胳膊上，已经摆出了一副救死扶伤的架势。我知道父亲是个热心肠的男人，但父亲荒废已久的医术让我为他暗自担忧。他能医好这个男人吗？他看起来像具死尸。我问父亲，他是不是已经死了？

父亲满不在乎地说，胡说什么！只是一点外伤，不要紧。这时候的父亲仍然保留着当初作为赤脚医生的那份自信。他将男人卸在躺椅里，拍拍手上的尘土，转身从屋里端出一个洗脸盆。父亲将脸盆递给我，吩咐我去后院打水。我去了后院，回头的瞬间我瞥了男人一眼，他的脖子僵硬地歪向一侧，父亲费了好大力气才将他的脑袋扳正。后来我把半盆清水端过去，低下头才看清楚了他的脸。他的年纪看上去已经不小了，那张坑坑洼洼的脸在我的瞳孔中被放大成一块苍老的树皮，上面沾满了沙子。他应该是受到了什么重大惊吓，一脸惊恐的表情。父亲帮他把脸洗净之后，他脸上的惊恐之色仍未褪去。

我对父亲说，他是被吓晕的。

他只是中暑了，父亲告诉我。他弯下腰去掐男人的人中，在男人的上嘴唇和下巴处掐出两块紫色的血印，再找来两支藿香正气水给男人灌下去。父亲说，没问题了。果然，没多久男人醒过来。男人说，水贝……他挣扎着从躺椅里站起来，两条腿摇晃着往前走了两步，身子一歪正要栽倒在地。父亲赶紧把他托住，从他嘴里抠出一把沙子。父亲问他，水贝是你女人吧？

男人点点头，他用微弱的声音向父亲讲起了水贝和金老大的事，父亲在一旁耐心地倾听着。男人的口才不错，没多久父亲就明白了怎么回事。都是金子惹的祸，后来男人咬牙切齿地说。我看到男人眼睛开始发亮，泪水越积越饱满，最后顺着脸颊滚了下来。他的声音却越来越低，后来转变成悲怆的哭声。

我女人五年前就死了，父亲指着挂在墙上的照片安慰他，我曾经是个医生，可是我却治不好自己的女人，现在我还不是照样活得很好？父亲扶着男人的肩膀，让他想开点。

男人抖了一下，随后安静下来，把脸转向窗外的马路，一辆拖运磨刀石的拖拉机缓缓经过，尘土从地上腾起来在阳光里飞扬。父亲的话显然比药丸更有效，也许因为同是不幸的男人，父亲的感同身受更容易抹去男人心中的悲愤。他的情绪平稳之后，父亲起身去厨房做饭去了。走的时候我看到父亲用衣袖迅速地擦了一下脸，我猜想他安慰那男人的同时一定想起了我母亲。

我叫老孔，老子的老，孔子的孔，男人突然告诉我。我觉得他比父亲远有学问，老子和孔子，这两个人我都知道，母亲没死之前跟我说过。接着老孔向我讲起那些淘金者的故事，他善于总结，能用简短的言语概括一个人漫长的一生。对我来说,那都是些陌生的事情,简直闻所未闻。在老孔的叙述中,淘金汉子们的生活像武侠小说中的江湖侠客那样充满传奇性,我对眼前这个容貌丑陋的男人突然就肃然起敬。后来他给我讲起一个吞金的人,说那人为了偷到金老大的金子,居然把那些金子吞进了肚子,但跑出去的当天就死了。

我问他,金子有毒?

老孔说,比毒还可怕,金子那么沉,吞下去能把肠子坠穿。

这个故事让我惊恐不已。老孔也似乎为这个淘金者的命运感到悲伤,后来他就不说话了。那天傍晚,我和老孔一起坐在门槛上,我们凝望天边的夕阳。有风从山那边吹来,像无数只手摇动村庄,那轮夕阳像浸满了血铺在河边,摇晃了一下便缓缓沉入水中,紧接着黑暗便来临了。

四

他抓起一把沙子放进嘴里,像吞食砂糖一般细细咀嚼。金老大就这么做过,吃过沙子后,金老大会亢奋地把一个肥硕的女人摁倒在帐篷里,那时的金老大就是头精力充沛的公驴,有使不完的力气。这种举动他猜不明白。

他往前又走了两步,脚底下发出沙子和水的声音。他坐下来闭上眼睛,沙子在唇齿之间流动,碰撞,摩擦,被嚼碎,他感觉到石英的味道通过喉咙渗入体内。他瞬间就兴奋起来。他想起了水贝,裤裆里涌起一股热流,两腿之间的部位随即坚硬如铁。这时候他恍然明白过来,为什么金老大咀嚼过沙子之后总是情欲高涨,那是因为受了金子的刺激。从石英的味道里他可以确定,这片河滩下面埋有金子。他认为金子就像魔鬼,能唤醒男人体内的欲望。

在村子里住下来之后,他每天都喜欢去河滩上走一走。他无法说清这个地方有什么东西引起他的兴趣,大概因为沙土下面埋有金子。金子是好东西,以前他很喜欢,金子给他的快感就像吸食大麻那样,会让人发狂。可现在,他对这东西已经有些反感。他知道金子可以给人带来荣华富贵,但也可以让很多东西毁于一旦,包括人的灵魂。比如说水贝,水贝就是奔着金子去的,这时候她应该脱光了衣服躺在金老大的帐篷里。她的灵魂已经被金子毁了。在卡车上的那个夜晚,当她把双腿向金老大打开之时,他仿佛看到她的灵魂就像一缕轻烟那样飘进了黑夜。

想到这里他心里一阵绞痛。他开始后悔,当初他不该鬼迷心窍带水贝上车。作为一名淘金者,经过淘金生活的长期熏陶,其实他早就具备了从沙土或岩层中发掘出金子的能力。他明白自己不用金老大教,也会具有那种猎狗般的探测本领。他又抓了把沙子放进嘴里,还是那股呛鼻的石英味道。他看到太阳红着脸从水面上缓缓升起,晨光把河滩罩住,这时的村庄是如此安详宁静。他从村民嘴里得知,这里叫磨石滩,有数不尽的卵石镶在沙层里,那是打造磨刀石的最好原料,那些被河水磨砺了上百年的石头在阳光下闪出青幽幽的光泽,让他瞬间想起家乡那块长满蘑菇和鲜花的草地。

据他所知,村子里的人个个都是出色又敬业的石匠,他们正在忙碌。有些人把上衣脱下来圈在腰上,露出坚实的臂膀。他们挥起榔头敲打石头的声音像山洪一样凶猛有力。他看到一辆拖拉机尾后拖着两条烟雾驶进沙滩，车轮在沙地上爬出两行痕迹，拖拉机停一会儿又折回来，把磨刀石拖走。

就是这里了，他想，从哪里跌倒，就从哪里爬起来。他觉得那个赤脚医生说话挺有道理。还有他的孩子，他知道他们都是善良的人。他觉得这座村子里的人都很善良。在此之前，他与这个村庄毫无瓜葛。现在，他在这里住了下来，每个人都对他很友善。他觉得自己就像是一粒蒲公英的种子，随微风飘入这座村庄，不受任何阻挠，被这片土地宽容地接受。在村民眼里，他并不是个陌生人，他们都亲切地叫他老孔。他姓孔。他知道在一个人的姓氏前加个老字，在这座村子里是一种尊称，其实他并不老。

他找了块石头坐下来，太阳渐渐爬高，在他头顶明晃晃地悬着，他看到自己的影子从前方移过来垫到了屁股下面。时间过得真快，像流水一般，哗啦啦就淌了过去。转眼就是正午了，太阳像火盆悬挂在天空。在河滩上劳作的人们像鸟儿归巢般散去。他看到沙滩上留下参差不齐的脚印，链条一般逶迤着拐上河堤，又绕进村庄，消失在他的视线之外。这时候有人拍他的肩膀，他回头看到一位老人，榔头靠在臂弯里。老人给他递了支烟。

老孔，老人叫他，来一口？

他不知道老人的名字，老人说话的时候，满脸的微笑和汗水在苍老的皱纹里抖动。老人有七十多岁了吧，他想，这种年龄的人，应该在家里安享天年，可他仍在劳作。他接过烟，将沙子吐在地上，点上火跟老人搭话。他问，敲一天石头能挣多少钱？

钱？挣不到几个，老人说他敲的不是石头，是磨刀石，是宝贝，祖祖辈辈的人，都靠这块河滩养活。说完老人就走了。

他有些犹豫，很显然，在村民心里，这块河滩是块神圣之地，它给这个村庄提供了一个发财致富的场所。他知道淘金是怎么回事。他跟着金老大去过许多村庄，那里都很安静祥和，可金子一旦被淘出，村庄立即就沸腾了，村庄的原有面目被钢筋水泥替代。他记忆中的每一个村庄，在金子被淘出之后转眼间都成为历史。他不希望这座村子也沦落到如此下场，他们都是好人。

他拍拍腿站起来，把烟头扔在地上踩灭。这是个安静的村子。村子里的建筑很特别，两排木房子依水而建，门对开着，屋檐和瓦都连在一起，形成两条狭长的巷子，风吹不到，雨也淋不到。村民一年四季在巷子里走动，互相串门，融洽得就像一个大家庭。一想到"家"这个字他不禁有些忧伤，这些年他一直跟着金老大在外边漂泊，足迹遍布大江南北，家对他来说是最大的诱惑，甚至比金子还要重要。这时候他又想起了水贝。这个名字瞬间粉碎了他的顾虑。水贝还在金老大手里。于是他迅速做出了决定，无论如何，他都要把磨石滩下的金子挖出来。他得回家一趟，为淘金做准备。

五

我认为老孔是个怪人。他每天天没亮就出去，太阳落山才回来，回来的时候头发和眉毛上沾满沙子。他回到巷子里，就不停地抖动手脚，沙子从他身上纷纷扬扬飘下来，落满一地。他常去的地方是磨石滩，去了什么也不做，只整天整天地坐着，漫无目的地看村子里的石匠们敲打磨刀石，饿了就往嘴巴里塞把沙子。

待在我家里的那一个月，老孔都是这么过来的，好像那块沙滩就是他的女人。我对父亲说，老孔也许是个神经病。

父亲说，老孔这人不简单。他说老孔身上有种独特的气味，在他看来，有气味的男人都不简单。

老孔身上的确是有气味的，远远地就能闻到。但我认为那只不过是沙石的味道，只要他一走进巷子，空气一下子就变浓了。但我觉得父亲也许是在标榜自己，因为父亲身上也有种气味。父亲虽然不再行医，但他一直没有放弃制药。他每次从山上把草药摘采下来，在太阳底下晒干后磨研成粉，再配上药水，加工之后就成了药丸。只是父亲不再卖他的劳动成果。在我看来，父亲只是把制药当成一种习惯，就像有的人喜欢抽烟，有的人喜欢喝酒。长年累月下来，父亲的草药味就再洗不掉了，那是一种极为浓烈的芬芳气味，里面浓缩了父亲悲哀而又善良的一生，比老孔身上的沙石味道要好闻多了。

在我看来，父亲也就那样，十多年来都那么循规蹈矩地活着，除了治死母亲那件事称得上令人瞩目，并无其他惊人之举。更何况老孔？他看上去那么落魄。他的样子怎么看都不像个大人物。

父亲说，人不能光看外表，老孔绝对是个了不起的人物。他说他相信自己的眼光，他这辈子从来都没看错过人。

我说，没看错过人，只看死过人。

父亲的脸立马就拉下来了。我击中了他的痛处。这些年他一直回避着亲手治死我母亲的这个事实，他坚信自己的药方没有任何问题，母亲只是病入膏肓。再说，哪个医生手底下不走人？父亲这样跟我解释。自欺欺人之后，他开始悲伤地流泪。

我不再跟父亲争辩。对我来说，老孔只是个陌生人。我只是无聊的时候找他说说话，从他嘴里掏一些关于淘金者的故事。我对那些淘金者的兴趣，远远大过老孔本人。那些故事是联系我跟老孔的唯一纽带。

等身体一复元，老孔就走了，说是要回家。我有点不舍。虽然母亲已去世多年，然而这些年里，我和父亲一直都生活在她的阴影之下。母亲去世之后，原本健谈的父亲不可避免地成为一个“哑巴”，大多数时间他像具雕像沉默寡言。我也被父亲感染成了一个“哑巴”，我跟父亲很少说话，我们父子之间的交流仅仅凭眼神或者动作。老孔到来之后，沉闷的家才算有了几分生气。老孔无疑是个健谈的男人，见多识广。在老孔的影响下，父亲的变化显而易见，他的话开始多起来了。他们经常聊女人，比如说乳房、大腿。这些话题让父亲呼吸窘迫，又脸色红润。老孔临走之前，父亲跟他喝了不少酒。喝到最后，父亲的声音竟然有些哽咽。父亲也跟我一样，舍不得老孔。老孔说，他还会再来的。

约莫半个月之后，老孔果真就开着一辆卡车来了。这时我才开始相信父亲说过的话。这个意气风发的男人，与之前的老孔简直判若两人。他穿戴整齐，从头到脚焕然一新，以前我还觉得他跟我父亲年龄相仿，这时我才发现，他比我父亲年轻得多。他身后还跟了十多个伙计，对他言听计从。

除此之外，老孔带给我的惊讶还有那辆大卡车，卡车上装载的是几个张牙舞爪的巨型铁制怪物，发动起来轰轰作响，它们陌生的面孔和轰隆隆的吼叫声让我既惊恐又兴奋。后来老孔告诉我，这是推土机和柴油抽水机。这些机器是用来开采金子的，老孔这么跟我解释。

他说了我也不懂，我对金子没什么概念。我知道金子的唯一用途就是用来治病。在我们村里，小孩子发高烧，烧到一定程度了，就叫"起经"。用药是治不好这种病的。这时候就可以试试金子，用金器烧水，然后把水喝下去。有时立马见效，有时一点效果都没有，金子的作用仅限于此。此外，我还知道金子是财富的象征。以前父亲给我讲故事，每当讲到某户人家家大业大，他总喜欢用黄金万两来形容。

我知道的就这么多。在老孔的影响下，我才知道了更多关于金子的事情。后来我知道，老孔弄来这些人和机器，是想在磨石滩上开采金子。我觉得这件事情听上去有点天方夜谭。我向来都只知道那地方出产磨刀石，不知道有什么金子。况且，全村没有一个人会让老孔去挖掘那片沙滩的，那是块神圣的宝地，全村的石匠，都得从那里找饭吃，他们怎么可能让这些机器去糟蹋他们的土地？

六

他来到沙滩上，热情地跟村子里的石匠们打起了招呼。他知道这块土地是石匠们的，在他们看来，磨石滩就是他们的一切，比他们的性命还重要。他得打通这个关卡。他摸出烟，挨个递过去，边递边问，小三，最近地里的收成怎么样啊？老刘，娶了老婆没有啊？没娶的话改天老哥给你带一个过来,别把裤裆里的东西当成只会尿尿的工具啊,要是没钱就跟我说。

他招呼了一圈,却没什么人跟他搭话。石匠们只顾着低头敲打石头,他们把上衣圈在腰上,亮出强健的膀子,挥舞榔头把粗大的石头敲打成扁平的磨刀石。这些石匠一直都这么满足地活着,旁若无人。这种镇定和从容让他觉得自己相当愚蠢。他这么想着,也许这些石匠一生下来,眼里就只有磨刀石。就像淘金者一样,眼里只有金子。这点他深有体会,跟着金老大混饭吃的这些年,他连做的每一个梦都跟金子有关,梦中都是黄灿灿的颜色。可石头和金子,无疑是差别巨大的两种东西。因此,淘金者和石匠,这两种职业对比起来,他是很有优越感的。这些石匠灰头土脸地敲上一辈子,把力气全搭进去,也不过是捞个温饱。而像他们这样的淘金者,只要找到一个金矿,就能一辈子衣食无忧。甚至还可以像金老大那样。跟随金老大的那些年,他赚了不少。他只是亏掉了自己的女人。现在,这个金矿已经找到了。他内心的激动可想而知。只要金子挖出来,水贝迟早会回来的,他想。

他往身后一挥手,卡车就顺着河堤开下来了。车轮陷进了沙地里,卡车发动机的轰鸣陡然高了起来,空气中弥漫着浓烈的柴油气味。车子行进在沙地上远没有在公路上那么利索,即使加足马力,也只能艰难地往前蠕动,但卡车还是开到磨石滩上来了。他雇的那司机技术不错,以前司机给金老大开车,把女人开丢了。

后来,推土机和抽水机被卸到沙滩上。他从腰包里抓出一把钱,举起来,钱在阳光下闪出花花绿绿的光泽。然后他向忙碌中的石匠们宣布了一个振奋人心的消息。他说,从今天开始,大家就不要那么辛苦了,你们只要回到家里,每天老老实实地给我待着休息,想坐就坐着,想躺就躺着。总之,你们再也不用像牛一样天天干活了,我来给你们发钱,每人一天五十块。你们现在就可以过来领,排好队,一个一个来。

说这番话的时候他有种满足感,以前金老大就是这么干的。金老大说话的时候,手里喜欢握一把钞票,一边说话一边挥舞,许多眼珠子跟着他的手转。在他看来,被金老大握在手里的,其实是那些人贪婪的目光。钱这东西,谁不爱啊。现在,他成了另一个金老大,连动作和说话的语气都像。不是故意学的,自然而然就会了。要他学金老大,他宁可死。只要一想起那个满脸横肉的男人,他就不由得把牙齿咬得咯咯响,什么玩意儿。

石匠们显然听不懂他在说什么,没人跑过来,也没人看他手里的钞票。不看更好,他想,这样连开路的钱都省下了。他示意伙计们发动推土机开始推土,巨大的铁铲啃进沙地里,卵石随之碎裂,发出垮解般的声响。这时石匠们突然齐刷刷站起身,他们惊呆了,他们从未见过这么强劲的东西,它张牙舞爪的模样看上去似乎能瞬间夷平整座村庄。石匠们都围过来了。他回头一看,几十把榔头对准了他的脑门。他掉头就跑。好在没有人追上来。他想这地方的人怎么啦,难道都不认识钱?他把那叠钞票拿出来,一张张摸来摸去,没有一张是假的。

他跑去找赤脚医生。医生告诉他,钱没用,粮食才有用。这村子里的人只认粮食,不认钱。他们的日常生活,就是吃饭,干活,睡觉,钱只是偶尔才使用的一样东西,对他们来说可有可无。外边的人来这里交易,石匠们很少收钱,他们说不准磨刀石跟纸币之间有什么等价关系,那些生意人都是用拖拉机把米拖来,再用拖拉机把磨刀石拖走。

他恍然大悟,马上开着卡车去了镇上,拉回整整一车大米。晚上,挨家挨户送去,每家一百斤。然后跟他们说起要在磨石滩淘金的事。有米事情自然就好办了,不用干活也能分到米,那些石匠一辈子都没碰到过这样的好事,都一口答应了。他发现,并不是村人顽固。这些村人其实是很讲道理的,只要有米就成。在他们看来,磨石滩就是生产米的,就跟村子里的土地一样,那些磨刀石就是米。村子里人多地少,从土地里刨出的粮食填不饱那么多张饥饿的嘴,所以世世代代的人才去当石匠,让石头变成磨刀石,再让磨刀石变成大米。

他的第一个金矿很快就动工了。先是用木桩在沙地上围成一圈,形成金塘的雏形,行话叫塘子,代表着这地方就是他的地盘。再把沙子装到麻袋里,码在一起砌成防护堤,这样一来,大水涨起来的时候,塘子就不会被冲垮。这些都是金老大教他的。淘金分为淘沙金和淘矿金两种。沙金是从沙子里淘,一般都在水边,最主要的工具就是抽水机和流床。抽水机用来把塘子里的水抽干,流床是一种凹形装置,有四五米长,底下铺块布,再在布上压上镶满长条格子的木框,用来过滤金沙。工作的时候,一边倒金沙一边用抽水机冲水,金子比水重,水把沙子冲走了,金子便沉甸甸地留在流床上。到收工的时候,把流床上的格子卸掉,布提起来,用淘金盆在水中晃来晃去,把泥沙晃掉,金子便出来了。就这么简单。与沙金相比,矿金复杂多了,也危险,靠的是炸药和雷管,一不小心,脑袋就和身子分了家。把含金量高的矿石炸出来后,还得有一套提炼设备。这些金老大可以干,他干不来。但沙金同样可以让他发大财。

塘子围好后,先用推土机推,推上两天,沙滩上便出来个大坑。再深一点的地方,就只有靠人力了,使用的都是原始工具,扁担和锄头。现在,塘子的形状已经出来了,塘子里人头攒动,大多数是村子里的石匠,是他雇的。干一天活,能分到三十斤米,他承诺,等出了金子之后,他们将分到更多。这么一算,比摆弄那些磨刀石合算多了,于是他们都扔掉石匠的身份,成为他的手下。他们干起活来,相当卖力。

他喜欢坐在塘子边抽烟,看着手下们热火朝天地忙碌。他觉得这些人挖的不是金子,而是女人。这时起风了,是从山谷里吹来的,他觉得有些凉。他裹紧衣服往河上游眺望。夹紧河流的是两座巍峨的山峰,很沉静地挺立在那里,苍翠的山体轮廓上披满金色阳光,他想,水贝这时候会不会在那里?他得把水贝从金老大手里弄回来。他对那些石匠说,挖吧挖吧,使劲挖吧……

七

我越来越相信父亲的话,老孔的确不是个简单的人物。他第二次来到村子后,没过多久,便成了我们村里那伙勤奋的石匠的统治者。在那伙石匠面前,他能够像皇帝在臣子面前那样一呼百应。但我知道,统治他们的,并不是老孔这个人物,而是他腰包里的金子,以及金子换来的粮食。正是在金子和粮食的诱惑下,石匠们温和的目光才逐渐变得贪婪。他们知道老孔有的是钱,跟着老孔这么个人,就等于拥有了成千上万亩良田,所以石匠们对老孔唯命是从。

有了石匠们的支持,老孔迅速让宁静的磨石滩变成了遍地是金的塘子。老孔说,那是一个又一个聚宝盆。但我总觉得它们是墓穴,阴森森地洞开来,仿佛在等着埋葬什么。倘若是站在远方,俯瞰磨石滩,那些金塘子就像一个又一个正在腐烂的伤口,触目惊心。老孔说过,要想淘出金子,总得付出些代价。我觉得这个代价也许就是磨石滩的被毁。

不久之后,老孔便让我们看到了沉甸甸的金子,沙子状的,与铜屑没太大区别。是用淘金盆洗出来的,还沾着水,发出黄灿灿的光。老孔小心翼翼地将这些金沙倒进一只钢瓢里,放在火上翻来覆去地烧烤。金沙间的杂质被烧掉之后,金子的颜色更黄了,但还是像铜屑。我实在看不出这些其貌不扬的东西能值几个钱。然而老孔对待它们,就像孝子侍奉爹娘一样,耐心又细致。他做这些工作的时候,总是把自己锁在我家后院里那间密不透风的屋子里。除了我和父亲,谁都不让进去。处理完毕,他拍拍屁股站起来,将金沙用塑料袋装起来,缝进一条裤带的夹层,再把裤带系在腰上。从此这条裤带就像是长在他的身上了,睡觉的时候,也不解下来。

有一次我问老孔,除了治“起经”这种病,那些金子还可以做什么?

老孔说,金子可以让你要什么有什么。

我不相信,我告诉老孔,我想要一把枪。

老孔问我,你就不想要女人?

我想了一会儿,说,想。

老孔就是用裤带装着金子离开村庄的。说是去卖金子。这次我终于知道金子的另外一种用途,买女人。再回来的时候,老孔没用卡车给石匠们拖粮食,而是拖来了十多个花枝招展的女人。

父亲指着那些把屁股扭得极疯的女人说,她们都是祸害。

有时我不得不佩服父亲,父亲说起话来看似漫不经心,却往往可以像巫师般精准地预测到许多事情。那些女人果然就是祸害。

这些女人到来之后,老孔在磨石滩上搭建了一所三层楼的房子,供她们住。他告诉石匠们,只要花五十块钱,就可以跟其中的某个女人睡一晚。从这一天开始,石匠们学会了花钱,他们不再钟情于粮食,干完活之后,不再拿着米袋分粮,而是迫不及待地伸手向老孔要工资,然后转身就塞在那些女人们的裤衩里。在我的印象里,那是一伙善良的石匠,世世代代都和平相处,然而有了这些女人之后,他们突然之间为之神魂颠倒。为了争夺那些女人的青睐,他们甚至不惜拳脚交加。有一次,为了争抢跟某个女人的睡觉权,一个石匠用生锈的榔头敲断了另一个石匠的腿。后来那断腿的石匠,来到我家里让父亲诊治。结果我父亲给了他一句话,万恶淫为首。

然而,尽管石匠们之间的关系变得有些混乱,但毫无疑问的是,那些石匠给老孔干活时,依然齐心协力,甚至比以往更舍得花力气。因为老孔身上有一股强大的号召力。老孔说,迟早有一天,他也会送我一个女人。

有天晚上,老孔真的就带个女人过来了。大概二十岁的样子,长得还算不错,只是面孔有些苍白,好像一辈子没见过阳光似的。她见了谁都笑,仿佛那张脸一生下来就只会笑,一天到晚都是那种浅笑的表情,这样一来,倒让人觉得她非常呆板。她带着刺鼻的香味,跟在老孔后面,从巷子里扭着屁股摇晃过来,招摇着一巷子男人的目光,再摇摇摆摆地走进我家里。

这就是老孔带来的女人,不过老孔没有送给我。他给我的是一把钢珠枪,扳机一扣,从里面射出的钢珠能洞穿一扇木门。那女人是老孔送给我父亲的礼物。老孔说,想怎么弄就怎么弄。我父亲灰暗的眼睛突然就亮了。我一直盯着那女人看,她停下来,看了看我,然后伸手在我裤裆里摸了一下,说,东西长得不小啊,已经是个男人了。

当时我裤裆里就像被蜜蜂蜇了一下,那股火辣辣的感觉半天都不肯散去。我看着女人走进了我父亲的屋子,窸窸窣窣的声音响了一会儿,然后是木床吱嘎摇动的声音。在我记忆中,父亲房间里出现这种声音还是母亲在世的时候。大概过了半个小时,父亲从房里出来——满头大汗却又容光焕发。那时我真想一枪把他干掉。

八

他越来越感觉到了自己的变化,这时候他不由得有点感激金老大,正是金老大把他扔下卡车,才让他从一棵小草摇身一变成为一棵大树。首先,他在大伙当中的地位越来越高了,他觉得自己就像一轮太阳,所有的光环都聚集到了他的身上。他淘到的金子越来越多,腰包里的钱自然也就越来越多。金子真是好东西,他爱死它了。有了金子，干什么事情都顺风顺水。他想，即使他想要天上的月亮，也会有人造架梯子替他去摘。其次，他干起事情来也比以往果断多了，做什么事都没有任何顾虑。

一天晚上，他尝试着把一个伙计的老婆扳倒在沙滩上。那是个像水贝一样丰硕柔软的女人。看到她，他无端地想起了水贝，所以他忍不住下了手。他以为会遭到反抗，没想到那女人很顺从，他让她脱裤子，她乖乖地就脱了。他像山一样覆盖上去，她叉开两腿配合着他进入那个潮湿地带。

那天晚上的风很大，贴着水面往河滩上吹拂，把霜降后的寒气一股股带到他面前。正是深秋，他听到风刮过水面的声音，水已经有了硬度，不像夏天那般柔软多情。他还听到露宿在河滩上的人咬着牙根发颤，他们裹着棉被，拼命地把身子蜷成一团。但他一点也没觉得冷，那女人也不冷，她像猫一样撕咬着他的前胸和胳膊，在他身下兴奋地抖成一团。而他的伙计，那个叫石岩的男人，居然不愠不火，只站在一旁，把双手笼在袖子里，很有兴致地观看这场表演。

完事之后，他顺手将一沓钱塞在石岩手里。石岩没有要钱，他要的是两个金塘子。他奶奶的，不是一个，而是两个。看来这世上贪婪的人不止他一个。对此他表示理解，对于淘金者来说，钱只是一种抽象的概念，他们并不缺钱。他们都想成为像金老大一样的人，所以他答应了。这塘子不给石岩，迟早也得给金老大。他知道金老大一定会来的。金老大灵敏得就像条猎狗，哪里有金子，他就出现在哪里。现在磨石滩出金子了，金老大肯定也能闻到。以他目前的实力，是难以与金老大抗衡的。金老大淘了十多年的金子，积累的财富可以让许多人仰望一辈子,而他才刚开始。他知道,在那些淘金者中,没有人能跟金老大抗衡。所以这场争夺还没开始,他就输了。他早就为自己做好了打算,金塘子给金老大也无所谓,他要的只是水贝。他早就想好了,等金老大来了之后,就把水贝要回来。

但他也不能坐以待毙。他至少也要刹刹金老大的威风,让他日后别再打水贝的主意。他知道,在磨石滩这个地方,他不能依靠他从家乡带来的那些伙计。比如说石岩,在闪闪发光的金子面前,他连老婆都可以拱手相送。这些人顺风倒,谁有势力就跟谁。金老大来了之后,他们自然会依附过去。

他只能依靠本地村民。他们才是这块土地上的主人。现在,这伙曾经是石匠现在是淘金者的男人已经是他的死党。他让石匠们赚了不少钱,也给石匠们带来了不少快乐。这种快乐当然要归功于他所带来的那些女人。在女人们面前,这些性格像石头一样坚硬的男人也抵抗不住,她们把裤带一松,石匠们的骨头就软了。他认为没有男人能逃得过女人裤腰带的诱惑。

剩下来的,就是拉拢村子里的其他群众。对他来说,这只是钱多钱少的问题。他看到月光在塘子里摇晃,把黑黝黝的水面映照得如同一面镜子,他满足地看着自己修长的影子被月亮倒映在水中。随着财富的骤然增加,他在这片土地上的地位很明显地凸显出来。村民越来越相信他的话,在村民眼中,他俨然是个神话般的人物。他们都是些善良的人,善良到连他们自己的土地,都可以让他无偿开采,而他们自己所得极少,在他看来,那可以忽略不计。他们不知道,他从这块土地上掠走了多少财富。但他们迟早有一天会知道的,没有人会愚蠢到对钱财视而不见。他要做的事情，就是抓紧时间，把这块土地上的财富迅速地据为己有。现在，他拥有的塘子越来越多，那些柴油机昼夜不息的轰鸣声听上去让他很是陶醉。

他看到石岩的老婆走了过来，腿和腰扭得很厉害。她脸上的笑容，也摇晃得很厉害，就像深秋的菊花正在她脸上妖娆盛开。随着她的款款走动，月光和笑容在她脸上也一闪一闪的。他从来没见过在男人面前这么善于展示自己的女人，她的笑容长满钩子，男人的心一下就被钩走。若是以往，见到这样的女人，他准会发疯的，但现在不会。他只是招了招手，这女人就过来了。他没说话，直接把她摁倒在月色中的沙滩上。女人的表现令他相当满意，她洁白的身躯绵羊般在沙地上颠动，比第一次要默契多了。其间他问女人，你想要多少金子？

女人说，我什么都不想要，只想要一个像你这样的男人。

他问，你不是有石岩吗？

女人说，他眼里只有金子。

他突然就想到了水贝，以前他跟石岩一样，也是金子的奴隶。他们跟着金老大在外面漂泊，脑袋里全是金子。他很少会想到水贝。他听从了金老大的吩咐，把水贝带出来，也只是为了换到更多的金子，从而享一辈子的荣华富贵。但这只是他的想法，水贝并不这样想。水贝愿意跟随他出来，是难耐独守空房的寂寞。他想，水贝是不是也只想要个男人？

想到这里，他猛地一哆嗦，就软软地从女人身上撤下来了。他听到自己体内有个东西瞬间垮掉。他突然站起来，一把揪住女人的头发，看着她的眼睛，然后伸出手，用尽力气扇了十多个耳光。

九

后来，我们这座村庄发达起来了。首先受益的，是那伙跟随老孔的石匠。在老孔的带领下，石匠们都走上了发家致富的道路。石匠们干活都很卖力，老孔发给他们的钱也不少，即使他们把祖先留下来的木房子拆除，在原来的地面上，用钢筋水泥堆砌起一栋栋漂亮的楼房，也富富有余。

这样一来，村民都眼红了。老孔没来之前，我们村子里的人世世代代都过着刀耕火种的生活。没有对比的时候，都相安无事，反正都是那样过日子，谁也不比谁差。然而一旦有了对比，这种局面自然就被打破了。

老孔是个很公平的人，石匠们富裕起来之后，他并没忘记村子里的其他人。没过多久，那些金塘子就让磨石滩面目全非了。每个金塘子的寿命都有限，淘到塘子底部的坚硬岩层，靠锄头和扁担便挖掘不下去了，这金塘子自然也就只能废弃。所以当磨石滩被机器和锄头啃光之后，那些金塘子自然只能从磨石滩撤到巷子边。这时候，那些老实善良的村民，突然清醒过来了，他们指着屋前的某块地皮，学会了跟老孔要价。老孔是个大方的人，对村民提出的要求，他总是一一应允。甚至那些贪婪的村民，不把土地卖给老孔，只要求入股。对这种要求，老孔也笑着答应。他不答应也不行，人一旦变得贪婪，就会不择手段。他不想自己变成一具尸体被人抛入河中，他赚得已经够多了。后来老孔才发现，那些以入股形式加入的人赚到的钱，比卖土地得到的要多得多，他们跟着老孔成了富翁，就有实力甩开老孔开始单干。他们买来机器，在河的另一边开拓自己的地盘，成了像老孔一样的金老板。

这样一来，村子里的两极分化就出来了，富的人越来越富。而穷的人，虽然也跟着老孔赚了不少钱，但村子里的物价也跟着飞涨。以前建个房，只需磨刀石和粮食，用它们换砖瓦和木头，全村男女老少一齐动手，几天时间，房子就从地上冒出来了。而现在，这要买那也要买，就连请村人帮工，也要给工资，不再有义务帮工这个概念。这样下来，建个房子至少也要花个十万八万。所以表面上看起来，他们是富了，有钱了，可实际上，他们的财富没任何增加。父亲说，这些人就像穷人穿了西装，衣服下面罩着的还是穷人。

然而不管怎么样，村子里的变化是显而易见的。那些木房子被砖瓦房取代之后，巷子也拓宽了，青石板上铺了水泥，这样一来，我们那条陈旧的小巷，就变成了明亮的街道。这时候，村民不再觉得粮食重要，钱反而成了不可替代的东西。所以街道两边自然也就出现了一些杂货铺。

再后来，电视机洗衣机以及电冰箱，这些我们之前闻所未闻的电器，都不再陌生。只是在使用这些家电时，常常会弄出笑话，比如说，有人把衣服放进冰箱里洗，而把要冷冻的食物扔进洗衣机。但时间一长，这些荒唐的笑话自然也就没有了。与这些东西一起涌进来的，还有各方面的知识。

这些都是老孔的功劳，全村的人都感激老孔。的确，是老孔带来的财富，把我们这个闭塞的村庄跟外面的花花世界打通了。我也感激老孔。他的到来，让我目睹了许多未知的东西。只是有时我会怀疑，那些推土机，以及锄头和扁担所挖掘掉的，并不是磨石滩，而是整座村庄。以往，我每天晚上都听着蛙鸣与虫啾安然入睡，后来，从老孔把机器拖到磨石滩上的那一刻开始，那个安静的世界便一去不返，此后我整晚整晚都听着抽水机的马达声做噩梦。

然而，这些还只是环境上的改变，对我们这座村子来说，这只是外在的变化，远远不算可怕，更可怕的是人性的堕落。那年我十八岁，父亲似乎觉得我该成家了，所以他给我找了个老婆。在我结婚大概半个月之后，父亲又迅速给自己找了个老婆。这时候我才发现，其实最需要老婆的是父亲，而不是我。我的婚姻，只是父亲二婚的一道幌子。那时的父亲已经非同往昔，他是老孔最好的朋友，淘金潮疯狂地刮起后，父亲自然成了老孔之后的第二大淘金老板。他完全有能力把方圆百里内最漂亮的女人娶回家。所以，我老婆是个漂亮的女人。

我继母自然也是个漂亮的女人，她只比我老婆大两岁。我很难把她的身份跟她的年龄对应起来。按辈分，我应该叫她母亲。然而她跟我老婆站在一起时，她们就像一对孪生姐妹。事实上，她们正是一对亲生姐妹，财大气粗的父亲花了几十万，像打包似的将这对姐妹一前一后地买回了家。妹妹成了我的老婆，姐姐则被父亲占为己有。我经常弄不清该叫她姐姐，还是母亲。

就是我这个漂亮的继母，让老孔嘴里那个关于吞金者的故事变成事实。一天晚上，继母跟我父亲上完床之后，突然起了歹心。她翻箱倒柜地把我父亲收藏的一些金沙偷了出来。然而由于动作太大，我父亲从梦中突然被惊醒。以前我父亲是个迟钝的男人，睡着之后，几个人把他抬走他也不会醒，可是有了金子后，他变得比一条狗还灵敏，一有任何风吹草动，他立马就从床上跳起来。面对父亲的突然醒来，我继母不知所措，后来她慌张地将一整包金沙吞进了肚子。父亲往她肚子里灌了整整一碗茶油，可最终还是无济于事，她没能将那些金子拉出来，只拉出一肚子的黑血。

这时我突然明白了，这一切都是金子在作怪。父亲也毫不例外地成了金子的奴隶。对这女人，父亲并没什么留恋，他要做的，只不过是取出被女人吞下的金子。父亲疯了。

十

他觉得这村子里的人越来越野。他手下的那些伙计，也越来越野。他将手里的塘子，逐一分给他们，让他们都当上了金老板。金子的魔力在他们身上体现出来。这些表情麻木目光呆滞的家伙，被金子唤醒之后，全都成了贪婪成性的魔鬼。他经常看到狼一样的凶悍目光在他们眼睛里闪烁。石岩尤其如此，在他看来，石岩冰冷残酷的目光能终结整个世界。他要的就是这种效果。这一切，都是他留给金老大的。他把他手里的所有财富全给了石岩，包括石岩的女人。

后来一切都如他所料，金老大来了，带来了水贝。但金老大已经不再是以前的金老大，他无法控制这里的任何一个人。这里的人都疯了，一伙疯狂的人在一起，可以抵御世上的任何一支虎狼之师。就连金老大也拿他们束手无策。他在这里转了好些天,对着满地的金塘子垂涎三尺,而无法下手。金老大只能控制住水贝。这个女人就像胶水般黏在他身上,金老大到哪里,水贝就跟到哪里。而对他,水贝连看都不肯看一眼,仿佛她从来都不是他的女人。

他突然觉得自己无比愚蠢。他为了水贝,付出那么多。然而他寄托在水贝身上的希望,却被她对金老大的那份柔情瞬间碾为齑粉。而此时,这女人被金老大滋润得更加丰满诱人,看上去就像熟透了的葡萄,仿佛体内的汁液随时都会溢出来。看来金老大裤裆里的东西不错,想到这里他有些嫉妒。

他凝望着远处的石码头,心情跟着水面开始荡漾。他刚来这里的时候,渔船和筏子在那里停靠,到了晚上,三点两点的渔火映在河面,河水纤尘不染,清澈得像面镜子,能把人内心的一切杂念照出来。那时他认为这里是世外桃源。可是现在,这些都已成过去。如今的河水已被淘金者们掘出的泥沙严重污染,河面上浑浊不堪,每天都像是山洪暴发。码头也毁掉了,看不到人,也看不到船只,只能看到无限的荒凉和落寞。他知道不久之后,那里也将被淘金者挖出的泥沙埋葬。他抬头看天,天空是那种阴沉的铅灰色。他有些感慨,在某种程度上,他自己就是这个村子的罪人,他发动了一场淘金潮,将村子粉饰成不伦不类的市镇,村庄表面上看起来繁荣了,实际上却是一种破败,这种破败毁灭了原本属于这个村庄的那种安静。

后来的一切都不出他的预料。他想,金老大称雄了一辈子,最终还是失算了。金老大失败的原因是,他眼里只有金子。而他,收买的是人心。他千金散尽,给了石岩一切,石岩也自然会给他一个满意的结果。

金老大是石岩带来的。石岩在金子面前已经变得丧心病狂，他举起铁锤，将这个抢走了水贝从而让老孔痛苦不堪的男人砸倒在河边。然后他和石岩一起，用一根粗大的麻绳把金老大捆了起来。他们来到一个塘子里，将金老大扔在地上。他点燃一支火把，在金老大面前晃了两晃。然后叼了支烟，凑到火把上点着。他说，没想到你有今天吧。

他想看到金老大像狗一样奴颜媚骨地求他。然而金老大没有，他只是笑，不停地笑，鲜血顺着脑门从他脸上淌下来，把他的笑容染得鲜红。他看到金老大的头骨已经裂开，铁锤的形状印在头顶上，可金老大还是面带微笑。他抬起脚来，对准那张脸踹了一脚，把他脸上的笑容踹歪了。他觉得之前的一切全部崩溃，虽然金老大在他面前倒下了，但被击败的那个人好像是他自己。

后来，他把怒气发到了水贝身上。金老大倒下的时候，他清楚地看到这女人抽筋般抖了一下，仿佛这一锤砸中的不是金老大，而是她自己。他想这女人真贱，她与金老大已经默契地融为一体。他朝手心吐了口唾沫，搓了搓，一巴掌扇过去，水贝脖子一歪，倒在水中。他将水贝抱起来，水贝不动。他一把撕下水贝的衣服又掰开她的双腿。这动作他在石岩老婆身上也用过，有了金子后他无所不能，所以当时那女人回应热烈，像疯了一样迎合着他的摆布。但水贝没有，在水贝面前，他金子再多也没用。水贝死了般僵着不动，任他像动物交尾那样只顾自己。他把水贝的一条腿缠到腰上，往前猛摆了两下。水贝还是没动，他恍惚间觉得自己抱着的是块石头。他知道这女人的心已经死了，她浑身冰凉，头发湿漉漉地散乱在苍白的脸上。水贝的这副模样让他觉得自己进入的其实只是具尸体。他瞬间失去了信心。这时候他才明白，水贝看中的，其实并不是金老大的金子，她喜欢的是像金老大那样的男人。这一切令他无比沮丧。他举起巴掌，再次将这个一丝不挂的女人扇倒在塘子里。

他回头看了一眼身后，金老大仍然躺在水洼里，那一塘清水全被血浆染成红色。他又抬头看了看天空，一轮圆月挂在天上，皎洁的光辉里缀着星星。他很难将这么美好的夜色与杀人结合起来。后来他果断地抽掉防护堤上的一个沙袋，一股水柱涌了进来，他又抽掉一个，水柱更大了。他就那样一个接着一个地抽着沙袋，直到整条护堤和这金塘子一起在喷涌的水流中轰然崩塌。

他跟石岩一起跳出塘子，两人拔腿奋力往堤上奔跑。跑到一半他停下来，向水贝招手。但水贝没有动，后来她穿上衣服，平静地躺在了金老大的身边，一动不动，任水和泥沙一寸寸漫上来覆盖掉她的躯体。被泥沙埋掉之前，水贝看了他一眼，她脸上没有恐惧，只是微张嘴巴对着天空笑。

最后轮到他自己，来得有点快。他想跟石岩交代点什么，可是有个东西敲在了自己的脑袋上，他晃了一下，眼前的一切也跟着晃了起来，许多星星在他眼前跳跃。他慢慢伸出手去，想抓住什么。后来他抓住了一只铁锤，坚硬的手柄握在石岩手里。这时候他才明白自己失算了，石岩既然可以干掉金老大，那么他毫无疑问也可以干掉自己。石岩已经疯掉了。随后，他又是一晃，抬头看天，月亮也跟着晃了一下。黑暗袭来，他透过黑暗看着世界在他眼前慢慢凝固成一幅苍白的画面。

十一

后来我见到了金老大，这时我才知道老孔的描述有多么不准。金老大并不像老孔描述的那般猥琐，也不是满脸横肉。他是个看上去很干净的男人，似乎还很和蔼，见到谁都面带微笑，就好像认识很久了。他来到村子里，大概是想有一番作为。然而在被金子烧红了眼的村民面前，金老大只能充当这场淘金潮的旁观者。那时村民开始疯狂圈地，各开各的塘子，谁都插不进手。因此，金老大在我面前表现出来的一面，只能让我觉得他是个冷静的男人，而不是那个无所不能的淘金头领。他也并不像老孔所描述的那样，强悍得让人惧怕。再说，那时我们村里的人都疯掉了，人人眼里都只有金子，再强悍的人来了也没用。

金老大身后跟着个长头发的女人，肤色较白，笑起来的时候，两只眼睛妩媚地拱成两弯新月，走起路来像被风拂动的柳树。她就那样轻盈地摇晃着走进巷子，不时回头往身后张望，那模样很是诱人。我猜想那就是水贝，长得还算顺眼，不过没老孔描述的那么漂亮。有一次她从我和老孔身前走过，看都不看老孔，只是望了我一眼。她笑着说我长得真是不错。老孔当时抖了一下，手里的烟头随即掉到地上，接着他的面容突然就变紫了，他咬着牙说，这个贱货。

金老大来到村子里没多久，就和水贝一起消失了，老孔也消失了。我最后一次见到老孔，是在我父亲的屋子里，那天他带来了一个叫石岩的男人。这两个男人一边喝酒一边交头接耳地说着什么，似乎是在密谋一件大事。后来，他们都喝醉了，两个男人相携着从我父亲屋里摇摇晃晃地离去。就在那天晚上，有个塘子轰然倒塌，那声音惊天动地。那一声巨响过后，我们就再也没看到过金老大，也没看到过老孔和水贝。没有人知道他们的去向，也没人追问，仿佛他们的出现与消失，只是件理所当然的事情。

最后消失的是石岩，他带着一伙淘金者，开着老孔的卡车离开了村庄。他们的离去，像个句号般终止了那场淘金潮。我们村子里的人，随后就追随了那些淘金者，他们就像老孔带来的那些淘金者一样，开始四处周游，他们突然出现在某个村庄，把那个村庄弄得面目全非后又突然鬼魅般地消失。

而我们这座村庄，再也恢复不了原样。我一直认为，是老孔把磨石滩毁掉的，同时也把我记忆中的村庄毁掉了。老孔带来的那些淘金者，淘走的并不是金子，而是村人们的本分和善良，还有磨石滩的漫长历史。当这段历史被掘走之后，留给我们的，是一座崭新的村庄，后来就发展成繁华的市镇，而磨石滩已经不在，只剩下一地的伤痕，以及我父亲此后对它的漫长追忆。

2008 年 10 月

守桥人

又刮过来一阵风，门窗微微抖动。她从屋里出来，落叶翻飞着跟在脚边。冬季的风不讲规矩，冒冒失失，把这个早晨吹乱了。她回屋拿把扫帚，将院子细细扫了一遍，像脱衣服似的把落叶堆积的地面一寸寸干净地裸露出来。她知道过不了多久，黄叶又会铺满院子，秋冬两季，这地方总有扫不完的落叶。这是湘中的冬季，风呼啸着翻过雪峰山脉，顺着清浅的河道掠过来。空气冰凉刺骨，她抖了一下，将扫帚靠在门边摆好，把脖子上的围巾拉起来裹住大半张脸。还是冷。阴寒的感觉像锐利的钢针，穿透层层衣物，扎在身上。她搓搓手，把双手拢在嘴边哈气，又跺跺脚，没那么冷了，这时她听到一个苍老的声音像片落叶那样荒凉地掉进了院子。

是北风，父亲在外面说。父亲音色低沉、浑浊，就像是从地底深处发出。父亲正在衰老。她想起下山前的夕阳，越靠近山尖，就跌落得越快，这种亘古不变的自然规律，与父亲晚年的轨迹有着惊人的相似。

她来到院外。父亲双手笼在袖中，背支着墙，低头蹲在屋檐下，面前是只色泽深沉的陶制水缸。茶水已经烧好了，缸面丝丝缕缕浮动着一层白色水气，在凛冽的空气中，浓酽的茶香悄无声息地弥漫。水缸很大，看上去笨拙却沉稳，缸体外侧布满了青苔和划痕构成的杂乱图斑,将沧桑岁月凸显出来。从她记事起,水缸就在这里了,未曾移开过。对父亲来说,这只水缸的重要性是不言而喻的。每天起床之后,父亲做的第一件事,就是将缸里的茶水烧好,如同某种约定俗成的乡间仪式,几十年如一日,从未间断过。有时她会想,在母亲离去之后,这只水缸就不再是单纯的物件了,它是父亲生活中不可或缺的一个伴侣。父亲还有很多这样的伴侣,比如说扫帚、护理廊桥的工具、那条沉入历史的青石板古道,以及这座古老的风雨桥,等等。在过去的岁月中,这些简单的事物形影不离地陪伴着他,让他孤独的生活干净而淡泊。

父亲是个守桥人,在过去,这是个让人颜面生辉的职业。这项古老的职业历史悠久,起自宋初,盛于明清。明清时期,中国茶叶贸易遍及全球。梅山地区多山,山高雾重,盛产黑茶,茶马古道应时而生。那是一条蜿蜒于山间的石板路,长达数千里,将梅山地区连接到遥远的云贵高原,最远可以抵达西藏。在几百年的时光里,马帮的汉子让马铃声和黑茶的香味飘荡在那条漫长的古道上。马铃声一起,财富和希望随之而来。为了让茶路畅通无阻,祖先们在大大小小的河流上面建起了几百座风雨桥。风雨桥一多,自然就有了守桥人这个职业,他们一代又一代,前赴后继,兢兢业业地守护着那些古老的风雨廊桥。

守桥人不是谁都能当的,得通过桥会负责人层层筛选,依据家世、品行,以及当地人的评价等各项条件确定人选。之后,还得请来梅山地区道行最高深的天师,举行隆重的祭祀仪式,设坛敬拜张五郎,这位传说中头朝下脚朝上倒立行走的男人,是梅山人共同尊奉的神灵，上天入地，无所不能，拜过之后，守桥人和风雨桥就能得到他的庇护了。父亲在十八岁那年，经历了这套庄严的仪式而成为一名守桥人。她没有目睹过此类仪式，但场面的庄严可想而知。仪式之中的父亲，一定是满怀自豪的。这套古老的祭祀仪式一结束，父亲就算是吃上公家饭了。

这座风雨桥叫永锡桥，是茶马古道的必经之处。麻溪河在桥下欢快地奔流，河两边是陡峭的山崖，如同两条健壮的手臂，倾斜着把这条河流紧紧拢在中间。极其险峻的山势，决定了河流暴躁的个性。山洪暴发时，滚滚洪水怒号着，从山谷间奔腾而来，向对河两岸的村庄展示出一种毁灭性的力量。她听父亲介绍过，清代光绪之前，这地方是没有桥的，马帮和茶商只能从河面坐渡船往返。光绪初期，河面接二连三发生翻船惨案，最惨重的一次，连人带马数十条生命被卷入洪流。这一事件触动了当地乡绅陈五芝，他带头捐资，并发动周边九乡民众，耗时六年，才建起了这座梅山地区规模最大的风雨桥。这个充满人文关怀的故事与永锡桥一起，成为一道温暖而美丽的乡间风景。父亲还有很多这样的故事。母亲离家之后，父亲在她生命中同时扮演着两个人的角色，在过去那些简单纯净的岁月里，原本不善言辞的父亲，成为一个爱讲故事的人，这有些难以置信。他用磕磕巴巴的讲述，让她童年的每一个夜晚都变得丰富多彩。

如今，几十年过去了，父亲的讲述仍在她记忆中回荡。每次走进那些古老的故事，她都能看到一个与今天不一样的乡村。那是一个在乡绅和宗族治理之下，尽管贫穷却秩序井然的乡村。乡绅和宗族曾经是乡间最为宝贵的组成部分，遗憾的是，这种在历史长河中延续了数千年的乡间文化,在 20 世纪就已经被割裂了。今天的乡村,已然失去了父亲故事中所具有的魅力,不再是人们留恋的地方。从 20 世纪 90 年代开始,南方刮来的一股打工潮将整个村子席卷一空。她亲眼看着村里的年轻人陆陆续续从永锡桥上跨过这条河流,被汽车载着走向了远方。不久之后,她也被那股潮流卷去了南方。如此一来,除父亲之外,留在村子里的,就只有屈指可数的几位老人了。来自南方的诱惑让这个村子成为空村。

风还在杂乱地吹着,把雾气从远远近近的山峦间带下来,层层裹在一起,结成一顶硕大的纱帐,将对河两岸的村庄严严实实地笼罩了。这座古老的风雨桥有一大半没入漫天浓雾之中。她抬头看了一眼,世界一片混沌,她的目光被厚重的雾幔围困着,局限在十步之内,无法抵达得更远。桥下的流水声从雾气里浮起来。根据水声,可以判断出这条河流的深浅。每年冬季,麻溪河的水位会大幅下降,寒瘦的河流薄如蝉翼,轻轻滑过卵石,水声清脆而细腻。她将手指沾湿,竖在眼前,凭指尖上的凉意,从空气中辨别风向。这方法是父亲教她的。在她还是个孩子的时候,父亲教她分辨四季,预测风雨,就像天气预报一样准确。的确是北风。北风一起,一年的光阴也就快到尽头了,不久之后,北风呼啸着会把一场大雪带到这里来。沙雪打底,绒雪盖面,鹅毛般的雪花将大地铺白的同时,热热闹闹的新年也就来了。

在乡间,年前年后无疑是最为隆重的一段时期,一年的酸甜苦辣,会在旧年里戛然而止,而新的希望,就像那些埋藏了一冬的种子,将从新年里破土而出。她想起一些与过年相关的事情,脑子里闪现出一支浩浩荡荡的马队。这是好多年以前的事了。童年时期,冬季总是那样漫长而沉默。白茫茫的雪地里寒意肃杀,天地万籁俱寂,对河两岸的村庄都被大雪冻住了,日子在寒冬中沉默着前行,显得死气沉沉。临近过年之际,马蹄声在那条蜿蜒的古道上响起,日子才转瞬又活了过来。父亲用手扇着面前的风,翕动鼻翼,从空气中准确地捕捉到一股马的臊味。父亲说,是高城的马帮回来了。这个消息让她隐忍了一冬的盼望一下子变得清晰起来。马帮一回来,意味着远方的一些故事也就顺着茶马古道回来了,那是她与远方产生联系的唯一通路。

高城是建在山顶上的一个村庄,那里的人善于养马。传说古梅山地区是蚩尤战败之后的隐居之地,高城村的马匹,便是这位远古战神留下来的。几千年之后,战马经过不断进化,洗尽血腥和暴戾,成为温驯的家畜。这种一生下来就注定万里远行的动物,在高城人的生活中扮演着不可或缺的角色。有了茶马古道之后,高城村的人组成了马帮。他们一代接着一代,在那条险峻如天路的古道上来来往往。在她的记忆中,马帮汉子都是些神秘的人,他们以家族为围墙,小心翼翼地恪守着那份祖传的职业,不喜欢与外村人交往。但对父亲是个例外——马帮对守桥人是很尊敬的。茶马古道上的每一座风雨桥,都是他们歇脚和躲避风雨之处。马帮常年头顶天脚踏地,风里来雨里去,有屋檐的地方,对他们来说显得格外珍贵。马帮和守桥人之间,存在着一种让人难以理解的亲密关系。在马帮看来,守桥人也是他们中间的一分子。长大之后她明白了,守桥人与马帮,是相辅相成且缺一不可的。在那段漫长的岁月里,守桥人和马帮,构成了一静一动两种人生的写照。

父亲对马帮的感情是显而易见的。马蹄声一起,父亲便随之兴奋起来。她也跟着兴奋起来。她和父亲一起来到门外,眺望着石板路上移动的点点黑影。悠扬的马铃声在风中起起伏伏,由远及近,打破了冬季的沉默。那些黑影越来越清晰,最终变成一群汉子,风尘仆仆地出现在永锡桥上。

回来了!父亲迎上去,向这群远行归来的人送上温暖的笑容。

回来了!马帮的头人说。

马帮的头人也叫马头,是一支马队的领袖,他双手抱拳,朝父亲拱拱手,回头一使眼色,后面的人将两只麻袋从马背上卸下来,扔在院子里。这是父亲托他们从外地采购的东西,一般是些木耳、葛根之类的山珍,父亲将它们拿到集市上贩卖,可以获得一笔可观的收入。那是父亲作为守桥人应得的回报,在马帮活跃的那些年里,守桥人的生活过得还是不错的。除此之外,还有一些来自云贵高原的坚果、纸糖、饼干,也有女人用的胭脂香粉,以及小孩的玩具,这是马帮带给守桥人一家子的礼物。这些风餐露宿的汉子,看似满身草莽之气,实则极通人情世故。在那条上千里的路上,每一处都得细细打点,有的是出于友情和礼貌,有的则是硬性规矩,打点到位了,脚底下的路自然也就宽了,只有八面玲珑的马头,才能带领自己的马帮将这条充满艰难险阻的茶马路走得通畅。

父亲将马头请进屋里,其余的人则围到那口水缸前,举瓢畅饮,几十颗脑袋仰起来,满满一缸茶水瞬间就空了。接下来是喝酒。母亲早已把酒温在了炉火上,这是梅山地区的烧酒,谷物酿成,闻着就醉，喝到肚子里，会像火一样燃烧起来。这种土法酿制的烈酒，是马帮汉子们在路上的必备之物，就如同是他们的另一件衣服，遇上大雪封山，人和马一困就是好些天，死亡时时笼罩，如果没有烈酒抵御严寒，他们是很难活着等到冰雪消融的。烧酒温好之后，母亲将酒壶和一叠碗送到门外，任由他们自斟自饮。喝酒时他们并不喧哗，就像在进行某种神圣的仪式，庄重而虔诚地把碗举过头顶，对着天空拜两拜，敬过了天地和祖宗之后再喝。喝完酒，马帮的汉子们终于抖落了一身的疲惫，一些人坐在桥廊两边的长木凳上开始抽烟，另一些人将马背上的东西卸下来，吹声口哨，领头的马匹带着马群结成长队下到河边。几十匹骏马在滩上一字排开，把头扎进水里喝水。喝饱之后，马群仰天长啸，向沉默的冬季展示强劲的生命力。

马帮春去冬回，每年都是这样。小时候，她很羡慕他们的生活。这些汉子每年要翻越上千里的路程，在崇山峻岭间，马群一字排开，顺着蜿蜒的石板路，抖出一路清脆悠长的铃声。他们把茶叶送到远方，再从远方把钱和故事带回来。在她的记忆中，悠悠的马铃声，代表的是财富，是希望，以及人们对远方的向往。可是有一年春天，这支马帮却给父亲的生活带来了绝望。那年春天，马帮走向远方的时候，母亲没有任何迹象地跟着那串马铃声一去不返。父亲顺着杂乱的蹄印追了三天三夜，最终没能追上他们。事实上，父亲是不可能追得上他们的。马帮在那条路上已经走了几百年了，练就了一种常人无法企及的能力，他们翻山越岭如履平地。

母亲去哪里了呢？父亲蓬头垢面地回来了，没有给他答案。父亲说，等马帮回来，也许就知道了。父亲将希望寄托于马帮的返程，他焦灼不安地等了一年。在那一年里，父亲活得就像只困兽，满头黑发被一丝丝染白了。这个三十多岁的男人，正值壮年，却在一年之间老态毕露。那一年的时间在他一生之中特别漫长。好不容易熬到了年底，马帮总算在那条石板路上出现了。一串串马铃声像水一样，从山上流下来，倾泻到永锡桥上。父亲精神一抖，目光伸进人和马中间翻找，没有他想要的结果。

回来了？父亲说。

回来了。马头答道。

父亲开门见山，问马头我母亲有没有跟着他们上路。

马头一口否定，他说马队里连母马都不能带，怎么可能带女人？

这点父亲是知道的，上千里的路程，处处是深涧峡谷，相当于把脑袋拴在裤裆上过日子，他们用的是南方的矮种马，重心低，脚底下平稳，适合于在崇山峻岭间行走。马群由清一色的公马组成，所有马匹在上路之前都必须骟掉，否则，任何一匹马的躁动，都会引发整个马群的混乱甚至崩溃。他们看似平静的行走，实则危机四伏。除此之外，马帮还经常遇到土匪，马头除了管理和团结整支马帮，最重要的一点，他还得是个武艺高强的练家子，能以个人能力应付路上的一切事情。小时候，她亲眼见过马头在院子里表演徒手断砖一类的硬气功。他用一根皮带把腰扎紧，深吸一口气，身体下蹲，稳稳地扎下马步，五指并拢成掌，大喝一声的同时运气一挥，砖头应声断为两截，在满堂喝彩声里，他面不改色心不跳，沉着地拍去手上的灰尘。这样的人，在乡间说话是很有分量的，他说母亲没有跟他们上路，那就是没有了。父亲没有再问什么。在父亲心里，马头绝不是个撒谎的人，他的诚实与否,事关着整支马队的声誉。父亲绝望了,他明白母亲是不可能再回来了。

如今回想起来,母亲的出走的确是与马帮无关的,而是跟父亲的这份职业有关。80 年代之后,一条公路盘旋着从山外面钻了进来,穿过麻溪河对岸的一些村庄。汽车马达声在公路上响起,漫天飞扬的尘土中,另一种生活悄然来临了。公路改变了出行方式,远方不再是遥不可及的地方。茶马古道慢慢废弃,汽车高效的运输能力,将延存了千百年的马帮猛然扔进历史深处。与此同时,父亲作为守桥人的光环,也随之黯淡了。没有了马帮,风雨桥也就没有了存在的意义。很多人沿着那条公路走向外面,将丰富多彩的生活带回来。对比之下,父亲的日子便显得枯燥乏味,守桥人的身份将他困死在这里了。到了 80 年代末期,父亲已经是穷途末路。母亲大概早就嗅出了家中这种没落的气息,对于即将到来的清贫,她难以接受,便选择了逃离。当然,也有可能是别的什么原因。但具体是什么,谁又知道呢?母亲去了哪里,至今是个谜,连生死存亡都无从知晓。但她宁可相信,母亲已经不在这个世上了,否则,这个给了她生命的女人,就那样一声不哼地离去,狠着心将她们之间的亲情割裂,她是无法接受的。对于母亲的离去,后来父亲和她都没有再去追究。父亲和她,就如同遵守着某种心照不宣的协议,在长达几十年的时间里,小心翼翼地,躲避着这份由母亲带来的不幸,就像躲避一件容易破碎的瓷器,从来都不去触碰。父亲就那样沉默着,接受了母亲离去的事实,并最终温和而善良地原谅她了。

仔细想想,对父亲来说,她自己又何尝不是一种逃离呢?长大之后,她离开父亲,去了南方。在那里,她逐渐明白了远方这个词的含义，比起她童年时期所理解的远方，要复杂得多。它不仅仅是个空间上的概念，比如，当年的马帮往返于途中，在他们饮马江湖、看似快意逍遥的生活里，实则饱含着一种背井离乡的苦楚。如今，茶马古道虽然废弃了，但在人们的生活中，到处都是那样崎岖，甚至更加艰险的道路。在南方的那座城市里，她正是在那样一条充满艰难的路上不停地走着，她所经历过的苦楚，并不比当年的马帮汉子们少。如今，她总算是在那座城市里扎下根来了。她一直想把父亲接过去。这种想法，与其说是想让父亲过上好日子，不如说是来自她对亲情的渴望。在南方那座冰冷的城市里，她越来越强烈地意识到，亲情比一切都要珍贵。在电话里，她跟父亲提过多次。但父亲一直不肯离开，他是个守桥人，他不能走，因为永锡桥还在。

高城村的马帮也还在，只是存在的意义不一样了。如今它成为一种民间文化的标志，比以前更加受到关注，被新闻媒体标榜为梅山地区乃至南方的最后一支马帮。前两年她去过那里，已经不再是她童年记忆中的那支马帮了，那些善于在山路上负重行走的马匹，成了供游客骑玩的工具。热血的马帮汉子面目全非，他们衣冠楚楚，恭敬地牵住缰绳，像些僵硬的符号一样在游客的笑容里卑微地活着。在她看来，马帮已经名存实亡，就像不再流通的钱币一样，成为一种民间文化的陈列品。相比之下，风雨桥和守桥人，却是真真实实存在的，父亲还守在这里，桥在人在。作为永锡桥的守桥人，父亲就像倔强的石头，准备让自己老死在这座风雨桥上了。

守桥人的工作，是每天为过往行人提供茶水、对桥进行日常的维护，看似简单，但能几十年如一日坚持下来，也就不简单了，考验的是一个人的耐力和心性。父亲显然是无愧于这份职业的。尽管守桥人的风光不再，但父亲对日常工作从未懈怠过。当年经历的那套仪式，让父亲一生都充满尊严地活着，无论世事如何变迁，他始终兢兢业业地恪守着一名守桥人的职责和本分。在她看来，与其说父亲在守桥，不如说父亲是在坚守着某种坚定的信念。事实上，马帮从茶马古道上消失之后，永锡桥的存在也就没有多大意义了。距离这条风雨桥不到百米的地方，修了条宽阔的水泥桥，可供四辆车并排通过。水泥桥将两岸的村庄连通了，拉近了，风雨桥便被冷落，来往于对河两岸的行人，不再从这座老桥上通过。就跟房子一样，桥也是需要人气来养的，没有了人气，风雨连年侵蚀，永锡桥也就慢慢变得破败不堪了。步入晚年的父亲已经没有能力将它维护好，只能眼睁睁地看着这座风雨桥一天天破败下去，摇摇欲坠，已无法供路人行走。父亲不得不在桥的一头，用木板竖起一面表明危桥的警示牌。她觉得这纯粹是多此一举，即使不竖这面牌子，也不会再有人从桥上经过了。这座曾经为人们遮风挡雨，在这个地方沉默地立了上百年的风雨桥，眼看着就要坍塌了。父亲为此跑过不少地方，找政府，找企业家，找有头有脸的人物，跑来跑去，没得到任何回应，一条破桥，引不起他们的关注。那时候，父亲多么希望有一个像陈五芝那样的人站出来，振臂一呼，就能将这座几百年的桥修好啊。可是现在的乡村，再也不可能有陈五芝那样的乡绅了，即使有，大概也不会去修桥，因为这个时代，已经不需要这种古老的风雨廊桥了。

让父亲没有想到的是，就在他放弃时，永锡桥却被修好了。这得益于这些年蓬勃发展的旅游产业。生活条件好起来以后，人们都热衷于往不同的地方跑，南方的往北方跑，北方的往南方跑，总之，哪里陌生，哪里就有风景。作为梅山地区极具特色的文化符号，高城马帮的旅游价值被发掘出来了，那个荒凉的山村，很快就游人如织。茶马古道紧随其后，被开发成了文化旅游资源，这条风雨桥也被规划为一处重要的景点。政府花了大笔的钱，让永锡桥从里到外焕然一新。桥旁边还修了一架巨大的水车，吱吱呀呀转着，呼应着桥下的清脆水声。最大的变化是，在麻溪河的上游，距这条风雨桥约一公里之处，建起了一道大坝，大坝将河流拦腰截断，水势的落差形成一道白色瀑布，水花飞溅，以至于这地方不下雨也是满天雾气，远远望去，缥缈如同仙境，确实是好看。可是，永锡桥修好之后，父亲作为守桥人的身份也就随之消失。旅游局一纸公文把这座桥收了回去。作为旅游景点的风雨桥，自然得按着景点的规则来，于是就不再需要守桥人了，他们给这个景点安排了一位年轻的女售票员。明年开春之后，永锡桥就要作为旅游景点对外开放了，这条沉寂多年的风雨桥，将再现茶马古道繁盛时的风光。那位售票员的工作不是守桥。他们在桥前修了道铁栅门，将进桥的通道截断，到时候，售票员会坐在门前的一座岗亭里，通过一个窗口，向那些前来游览的人收取门票，以此来体现永锡桥不同以往的价值。

如此一来，父亲就不得不离开这座风雨桥了。几十年的贫穷和孤独，都没有撼动父亲作为守桥人的身份，一纸公文，却让他无法再坚守。对于这份职业，父亲倒没有太多的不舍，他知道自己已经接近人生的尾声，守不了几天桥了。不管怎样，只要这座桥修好了，比什么都好，父亲心里终究是宽慰的。只是他难以理解，自古以来，修桥铺路，就是给人通行的，收什么门票？父亲答应了她，过完年就跟她去南方。人到晚年，还得背井离乡，这不能不说是一种无奈。

风更大了，卷起落叶，穿过永锡桥那条幽深的长廊。北风一起，年很快就要到来了,她能感觉到料峭的严寒中,春天的气息蠢蠢欲动。马帮消失之后,这个村庄的冬季愈发地沉闷和死寂。太阳像病了似的慵懒,直到正午时分,才缓缓爬到半空将满天的浓雾驱散。永锡桥从一片混沌中分离出来。清亮的麻溪河上,两岸山峰的倒影清晰地映入水中。更远一点的地方,是绵延数百里的雪峰山脉,一座座覆盖着白雪的山峰在幽蓝的天幕下跌宕起伏。

天冷。她哈着气对父亲说。

往些年比这还要冷呢,父亲说,现在的冬天,倒是一年比一年暖和了。

她说,是吧。她无法像父亲那样,感受到气候在这个村庄里的微弱变化。在南方那座城市里待久了,习惯了温暖的冬季,她对寒冷的感知越来越敏锐。只要是北回归线以北的冬天,对她来说都冷得不可忍耐。

她对父亲说,回屋吧。

父亲摇摇头,说,你先回,我再去扫扫。

父亲的目光和落叶一起,被北风卷进这座风雨桥的深处。过了一会儿,父亲站起来,拖着一把扫帚,低头走进了永锡桥。父亲的确很老了,年龄像根步步紧逼的绳索,一日日束紧他的筋骨,让他的每一个动作都显得缓慢而艰难。她听到这个老人的脚步像风中的落叶飘忽不定,终于在永锡桥的另一端停下来。父亲咳嗽一声,腰弯成一张弓,慢慢腾腾地扫起了桥面。

2016 年 10 月

你知道炉观吗

一

父亲终于来到深圳了，带着一只箱子、一个帆布包，这两样简陋的行李，让他看起来就像农民工进城。不是父亲刻意从简，而是他的一生就是那么简陋。箱子里装的是衣物。父亲衣物不多，屈指可数，一年四季就两套，轮着换洗，但每一件衣服，都洗得干干净净，穿在身上，就像一株朴素的植物，向空气中散发着自然的清香。那只帆布包里，不知装的是什么，很沉，我拎了下，像生了根，没法拎动。父亲弯下腰，双手绞住背带，一使劲，咣当一声甩在了肩上。就这么几个简单的动作，显示出一种与他年龄毫不相符的利索。从叮叮当当的声响里，我辨认出来，里面是铁器。我不知父亲是怎么让这些东西过的安检。

到家之后，父亲打开帆布包整理他的东西，锉刀、刻刀、刨子、钳子、螺丝刀一类的工具，除此之外，还有一块磨刀石，表面布满沧桑，有一部分已经被刀吃掉，呈现出中间低两头高的形状。我回忆起童年时期看父亲磨刀的情景，他坐在一条小矮凳上，脚边是只盛满清水的脸盆。父亲在磨刀石上洒上水，双手按住刀背，来回地磨，身体配合着双臂的动作前后摇晃，每隔一段时间，父亲就停下来，用大拇指试试刀刃，看是否足够锋利。

收拾好包里的东西之后，父亲磨刀的情景重现了。他把磨刀石搬到阳台上，用脸盆盛了半盆清水，放在旁边，然后找来一张塑料凳子。他坐下来，手掌沾上水，洒在磨刀石上，反复擦拭，直至磨刀石表面焕发出多年前的光泽，才开始磨刀。父亲把刀身按紧，刀刃咬在磨刀石上，随着清脆的咔嚓声响起，黄色的铁锈一层层褪下来，在磨刀石表面扩散出弧形的花纹。父亲身姿耸动着，与阳台外的热带植物构成生动的画面。这时的父亲，就像一束明亮的阳光，我顿时觉得阳台上变得暖和起来，就好像这个冬天的寒冷，被他的磨刀声赶跑了。

父亲手中的刀颜色乌黑，刀背厚实，看上去相当笨重。由于多年未曾使用，刀身已经生锈。在暗褐色的锈层下面，隐隐透射出一丝寒气，显示着这把刀的良好质地。这是一把篾刀。在父亲生命中，这件东西占有相当重的分量，否则他也不会带到深圳来。已到暮年的父亲，带在身边的每一件东西，都是一条记忆的甬道，连接着他沉甸甸的过去。这把篾刀的历史，尘封在父亲的青年时期，那是我与父亲生命交会之外的时间节点。篾刀是伯父送给他的，那是父亲此生的第一把篾刀。父亲叹息着说：好几十年了啊。他把磨好的篾刀攥在手里，用一块干毛巾反复擦拭。磨过之后的刀面焕然一新，刀锋森冷，刀柄转动时，刀刃反射出清幽的冷光，映照着父亲生动的面容。父亲将篾刀举到眼前，翕动鼻翼，捕捉空气中的气息。他闻到一股竹子的清香，这清香环绕着他，像黄昏时的云霞，在他眼前变幻出各种竹制器具的形状，顺着这些形状，父亲走进了青年时期的记忆。

二

我的家乡是个山村，三面高山像个“品”字，挟裹着一条幽深的山谷，东边是垭口，向着一条清澈的河流敞开。这条河叫炉观河，是资水支流。公路没进山之前，炉观河是连接故乡和外界的唯一通道。我们的祖先顺着这条河流，去往外面的世界，同时也将外面的世界带回山村。村中房屋沿山而建，山是石头山，植被稀少，只有生命力顽强的物种才能在岩石的缝隙间生长。远看上去，这三面大山就像裸露在地表的远古动物的骨骸，头部朝南，尾巴向北，蜷曲着抱紧我们的村庄。风从东边的垭口涌进来，将岩石表层风化为尘土，慢慢沉积出贫瘠的山地。我们的祖先沿着山坡开垦梯田，进行耕种，使子孙后代得以生息繁衍。当村子扩大到一定程度后，单纯的耕种已经难以满足生存，村里人不得不从土地之外去获取生活所需。于是，家乡的男人就像蒲公英一样，飘散到大江南北，他们以匠人或者商人的身份，分散到各行各业当中。在传统的行业里，有石匠、木匠、篾匠、瓦匠以及泥水匠等；在近代的行业中，有从事打字复印的、小商品贩卖的、洗染药剂制造的，当然，也包括假证制造者。然而，无论何种职业，何种行当，他们背井离乡的目的，都是为了生存。

20 世纪 70 年代，父亲正值青年，当时是我家乡出产匠人的高峰期。村里土地不多，只能养活有限数量的人口，多出来的人，自然得去外面谋求生存之路。但外面的世界再好，也没人想离开家园。一直以来，我们村里外出人员的分配，依赖一条不成文的规定：年长的、年幼的、女的，这几类人，都能通过分配获得自己的土地，可以留守家园。其余的，统一划入第四类，他们必须去外面讨生活。我们称他们为匠人，或者师傅。比如木匠，就叫木匠师傅；瓦匠，就叫瓦匠师傅；等等。这些称号饱含着乡村式的智慧，听上去亲切淳朴，同时又能将他们的职业特征体现出来。然而不管叫什么，只要离开家乡，他们就如同一群鸟儿，年初时，成群结队飞离自己的巢穴，到了年底，再纷纷从四面八方返巢。

我父亲叫宋一北。十八岁那年，他高中毕业，当时还没有恢复高考，这对宋一北来说很不公平，他成绩相当不错，可是离开学校之后，只能回到村里。按照村里规矩，宋一北属于第四类村民，没有土地。也就是说，他必须学会一门手艺，成为匠人。在那个年代，相对来说，匠人是个没什么风险的职业。手艺学得差点，也能养活自己，手艺要是学好了，除了能养活一家老小，光宗耀祖也是有可能的。宋一北的兄长，也就是我的伯父，就是一名手艺精湛的篾匠师傅，四乡八野都知道他的名字。每年春天，我伯父带领他的徒弟，从家乡出发，先走水路，从炉观河往北，坐竹筏顺流而下，漂进资水，再沿资水坐毛板船，到坪口码头上岸，之后改走旱路，往西边翻过雪峰山脉。整个行程当中，他们就像沙漠里的驼队，长途跋涉，风餐露宿，用脚板一步步丈量漫长的百里路程，最终抵达他们的目的地洪江。20 世纪 70 年代末，农村经济体制改革，民间手工业开始复苏，家乡的匠人们就像猎狗一样，具有灵敏的判断和嗅觉，能够在全国各地迅速寻找到适合自己的生存之道。洪江是座手工业和商业发达的古城，盛产木器、竹器、木炭、桐油、红砖，等等。这些物产的背后，必须有大量的篾匠和砖瓦匠作为支撑。我伯父不仅手艺精湛，号召力同样出类拔萃，他组建起一支篾匠队伍，在洪江的竹器业里占有一席之地。他靠着编制竹器，养活一家老小，并供我父亲宋一北上完高中。因此，在职业上，宋一北没有选择，作为一种回报，不管愿不愿意，他只能跟着我伯父，走上那条背井离乡的篾匠之路。

那年春天，他们坐在一面新扎好的竹筏上出发，屁股底下是那条奔流不息的炉观河。开春之后，故乡雨水充沛，炉观河被滋养得饱满清盈，就像一位哺乳期的母亲，敞开胸怀哺育着对河两岸的村庄。宋一北坐在那堆匠人中间，看着一个熟悉的村庄逐渐退去。竹筏贪婪地吃水前行，两岸不时闪过一丛丛从枯黄中抽出新绿的芦苇。等到了资江后，这面竹筏将被拆散，卖给码头上收购竹子的商人。在大码头时代，我们那个县是毛板船的发源之地，每天都有浩大的船队从码头出发，沿资江而下，入洞庭，再沿长江到汉口。毛板船运出去的是黑压压的煤炭和木炭，带回来的是白花花的银圆。很多人都知道，毛板船的兴起，造就了新化县城九巷十八街的繁荣。可是很少有人清楚，毛板船的形成，归根结底是来源于竹筏所给予的启示。

那次的竹筏是伯父所扎，他以篾匠的眼光，精心挑选出一根根质地上乘的竹子，这种竹子扎成的竹筏坚实耐用，可确保水路安全。那天天气不错，晴空万里，沉睡了整个冬天的大地，在春风中苏醒，万物显示出萌芽的迹象。出门之前，伯父算过日子，宜出行。我家乡的匠人，在远行之前，都会挑个好日子，一般是以掷竹筊的方式询问祖宗。竹筊的阴阳两面，代表着祖宗的两种答案。祖宗说日子好，可以出行,那就赶紧出行;要是祖宗说日子不行,那就得等上几天了,或者更长时间。事实上,那个神秘的祖宗谁都没有见过,可家乡人对他给出的答案深信不疑。作为初出远门的年轻人,宋一北对日子的好坏不感兴趣,他毕竟是个高中生,接受过新时代的教育,但是他对洪江很感兴趣。在此之前,他去过最远的地方是县城。在他眼里,远方代表着繁华,代表着一切新鲜的事物。县城比小镇要远,所以比小镇繁华,而洪江显然又要比县城远得多了,那里将会更加繁华。

宋一北问我伯父:洪江好么?

我伯父说:好,真是个好地方。

我伯父嘴里叼着纸卷的旱烟,说话时,言语间夹杂着一片吧嗒声。他沉浸在自己对洪江的描述之中,脸上的表情被一层白色烟雾缭绕,河风吹散一缕,嘴里又冒出一缕。伯父烟抽得厉害,嘴唇翕动时,两排褐色的牙齿时隐时现。他烟雾腾腾的讲述,让宋一北觉得他们要去的那个地方一片渺茫。他知道远方既是风景,也是陌路,在那里等着他的,是悬而未决的命运。

宋一北又问:真好啊?

我伯父说:真好。

说完一甩头,嘴里的烟头飞向了河面。烟雾散去,他的面容清晰起来。我伯父把一刀篾刀拿出来,搁在膝盖上,用块碎布开始擦拭,动作小心翼翼。一路下来,除去抽烟的时间,我伯父都在神圣地擦拭那几样东西:一把篾刀、一把钩刀、一把锉、一台手摇式剖篾机,此外,就是些用于打磨、刨光、穿引之类的小件工具。这些东西,乡民们称之为“家伙”,是成为一名篾匠的必备之物,看上去十分简陋,这也恰如其分地对应了匠人当时的地位——他们所从事的,是这个世界上最没有门槛的一类职业,居无定所,四海为家,无须任何证件来证明自己的身份。然而,正是这些勤劳的匠人,让我们的村庄丰衣足食。与此同时,他们的勤劳,也使凝聚着祖先智慧的民间工艺代代相传,并在历史长河中长盛不衰。

在匠人眼中,最重要的东西有两样,一是师承,二是谋生地。师承的好坏决定着手艺的高低,而谋生地的好坏,则决定着匠人的前景。作为家乡匠人的谋生地,洪江是个好地方。沅水和巫水在那座古城里交汇,水路十分便利。明清时期,这座古商城曾有过“千人拱手,万盏明灯”的盛况,被誉为“小南京”。新中国成立后,洪江的商业和手工业依然十分发达,是湘西南地区桐油和木炭的集散中心,也是竹器之乡。每天清晨,在这座小城里,黑压压地涌动着一群靠挑木炭为生的脚夫,他们脖子上搭块毛巾,担子随着脚步的迈动在肩上晃动,走一段就停下来,卸掉肩上的木炭担子,取下脖子上的毛巾擦汗。在这些挑夫中间,活跃着一些捡碎木炭的老人和小孩。据我伯父描述,整个冬天,这座城市里的居民不用买炭。

宋一北说:洪江好,为什么不把洪江搬到炉观来?

我伯父愣了愣,说:什么?

他以为自己听错了,那时河上的风很大,把宋一北的声音吹得飘飘忽忽,听上去不太真实。

我伯父说:你说什么?你再说一遍,我没听清楚。

宋一北又重复了一遍:为什么不把洪江搬到炉观来?

我伯父摸摸他的额头,说:老满,你读书读傻了。

宋一北所说的炉观，是一座小镇，离我们的村庄有十多里路。炉观河从两座高山的缝隙间奔流出来，到了镇上，拐个弯，水面像扇子一样突然打开，变成宽阔的河湾。镇子沿河湾而建，一南一北的两条街，两排灰暗的吊脚楼隔水相望。出了街，吊脚楼消失，取而代之的是农田，以及杂乱地疯长在两岸河滩上的绵密芦苇丛。小镇的名字，便是因芦苇而来。一到秋天，芦苇结花，风吹动时，洁白的芦花飘到空中，漫天飞絮的景象蔚为壮观，为新化县八景之一，称“秋日芦观”。小镇便是以“芦观”两字命名，在风水上，因小镇多水而缺火，就改“芦”为“炉”，成了炉观。

宋一北在这座叫炉观的小镇上，从小学上到高中。在学校里，他由一个小孩，变成了长着一层胡须的青年。在送宋一北上学这件事上，我伯父是有些后悔的。当初他省吃俭用，咬紧牙关供这个弟弟上学，是指望宋一北能考上大学，跳离农门，光宗耀祖。谁知宋一北高中毕业时，高考取消，他连考场的门都没进，就直接跨入了篾匠的行列。在我伯父看来，宋一北读了那么多年书，所花的钱和时间，都算是白瞎了，唯一的作用，就是比别人多些奇思异想。把洪江搬到炉观来？真能扯，洪江又不是件东西，怎么搬？我伯父没把宋一北的话放在心上。他认为宋一北说的是胡话。等竹筏出了小镇，我伯父把擦好的篾刀递给宋一北，让他试试，看顺不顺手。

宋一北接过来试了试，说：还行。

我伯父说：收好了，对匠人来说，它就是一辈子。

宋一北说：嗯。

三

他们一路走着，从炉观河到资江，在新化的大码头上，我伯父让徒弟们将竹筏拆散成竹子贩卖，换成盘缠，再搭乘毛板船，到下游的坪口。从水路上岸之后，他们顺着一条蜿蜒在湘中与湘西之间的古老官道，艰难地翻越雪峰山脉，抵达洪江。我家乡的匠人就这样用自己的脚印，在故乡和洪江之间，串连成一条坎坷的离乡之路。春天也在走着，以颜色的变化来显示着它移动的痕迹——在故乡时，春天还只是稀薄零星的新绿，等到了洪江，绿色已经蔓延开来，变得十分浓稠，就像给大地刷上了一层绿色的油漆，冬季的荒芜早就看不到了。

他们一踏入洪江的青石巷子，就有人知道，是新化的篾匠来了。匠人靠手吃饭，他们的手就像块招牌，上面标记着作为匠人的一些基本信息，比如从事的行业、入行时间的长短、手艺的高低，等等。这些都清楚地写在两只手上。同时，他们走路的节奏，也属于这个群体所特有。是不是匠人，只要你走上几步路，听听脚底下的声音，再看看行走的姿势，立马就可以分辨出来。那时交通不便，水路可以坐船，而陆路，虽然有汽车和火车，但车票太贵，匠人们离家远行，如果不是遇上急事，要赶时间，一般都会选择步行，几百里的路程，就用脚板一步步量出来。因此，他们脚底下的力气，比起一般人来要足些。

我伯父带领的这伙匠人，就像一支训练有素的队伍，抵达洪江时，虽然疲惫不堪，但脚步仍然整齐划一。他们鞋底下沾染着来自家乡的尘土，可是对这座地处湘西边陲的城市来说，这是异地他乡的气息。其他许多地方的匠人,也正这样赶来。沉睡了整个冬天的古城,在这股新鲜的气息中,迎来了它的复苏。古商城里的人热情地向家乡的匠人们打着招呼:师傅们,一路辛苦了。

熟悉一点的就问:年过得怎么样?

或者是:家人是否安好?

匠人们拱拱手,说:还好还好,恭喜发财。

然后相互之间家长里短,说些客套话。那时的城市还保留着温情,本地人与外乡人在交流时,十分客气,保持着基本的礼仪和礼节。不像如今,在城市里,人与人之间的关系,疏离而冷漠,即使是面对面住着的邻居,也是老死不相往来,迎面碰到,形同路人。

我伯父和徒弟们所从业的竹器行,是宝庆人所开,姓伍,匠人们都叫他伍老板。在当时的洪江,从事竹器和木炭生意的人,十有八九来自宝庆,一开口说话,就能分辨出来,他们的腔调中,带着坚硬的梅山味。和新化一样,宝庆属梅山地区,是蛮荒之地,以高山和丘陵为主。山高水长,但不养人,自古就有"八山一水一分田"的说法,可耕种的土地资源稀少。与新化不一样的是,同样是恶劣的生存环境,新化造就的是匠人,宝庆造就的是商人。历史上,宝庆是府衙所在地,新化是宝庆的辖县,两地是从属关系,行政级别不同,决定了两地民众就业格局迥异。就像自然界一样,离太阳近的地方,总是能得到更多的阳光。

宝庆人聪明,有胆魄,敢于拼闯,在水运时代,只要是河流可以抵达的地方,就有宝庆人的足迹。他们像蜘蛛一样,顺着水路,把生意网络密密麻麻地织到全国各地。伍老板就是众多"蜘蛛"中的一只。

他是个极其和善的人，说话轻言细语，对任何人都礼数有加，就算发火，脸上也带着让人舒服的微笑，让人觉得十分亲切随和。20 世纪 70 年代末，农村经济体制改革，手工业在沉寂了漫长的一段时间后，犹如枯木逢春，迅速复苏并崛起。各行各业的匠人，成为那一时期炙手可热的人。伍老板凭着良好的脾气以及宽厚的为人，将我伯父带领的一班匠人，牢牢吸引在他的竹器店里。虽然是同样的工价，同样的吃住条件，甚至条件比别的地方稍差，可家乡的匠人，就是愿意跟着他，死心塌地为他卖力。

伍老板的竹器铺不大，开在一条紧靠码头的街上，门前是浩浩荡荡的沅江。作为湖南四大水系之一，这条河流对洪江至关重要，浩渺的水面上，一天到晚涌动着来来往往的船只，有机动船，也有毛板船。这些船只频频靠岸、离岸，用繁忙的节奏带动着这座古城的经济。

我伯父他们开工之后，会有满载竹子的货船从上游下来，在码头边靠岸。等船停稳，伯父带着徒弟们跳上船，把竹子卸下来，搬进竹器铺后面的工厂。说是工厂有些夸张，其实就是座陈旧的院子，曾经是某户大户人家的祖屋。在洪江，这样的老院落很多，都是明清时期留下来的，清一色的徽派建筑，青砖黑瓦，条石门槛，两扇带铜环的大门，高高的马头墙后面，深锁着主人曾经有过的富贵。那时的洪江，钢筋水泥结构的建筑已经四处蔓延，这样的陈旧老宅，正在退出历史。伍老板的精明之处在于，他以低廉的价格，租下这座即将被淘汰的院子，稍加改造，便起到了很好的使用效果——既充当了住所，又成为编制竹器的工厂。在这间工厂里，伍老板与匠人同吃同住。正面的几个房间，住着他和他的家人。大厅里，摆着几张长桌，用于吃饭。两侧的厢房，则是匠人们的住处。七八个匠人挤一间，布置很简陋，十多平方米的房间里，把木头镶在墙壁中，做成架子，再铺上木板，就成了匠人们睡觉的床铺。这些床铺都连在一起，叫通铺，也叫伙铺。因此，匠人之间，也互称伙计。那时的洪江城里，聚集着成千上万名这样的伙计。他们来自全国各地，带着不同的生活习俗，操着天南海北的口音，让这座古商城焕发出勃勃生机。

开工之前，伯父会进行一个简单的仪式。按梅山地区的传统，先拜神。家乡人信奉梅山教，祭拜的对象，是一个叫张五郎的神仙。由于最初的祭拜仪式起源于梅山地区的猎户，因此，在传说中，张五郎长着一张酷似猎狗的面孔，并且头朝下脚朝上，长年倒立着行走。他之所以能够得道成仙，是因为娶了太上老君的女儿，这样的成仙之路，实在是不怎么光彩。然而不管怎么样，家乡人就是铁了心地信奉这个长得有点滑稽的男人，家家户户的神龛上，都有一个张五郎。祭拜仪式很简单，杀只鸡，在一叠黄裱纸上洒上鸡血，烧在盆里，再摆点供品，烧几炷香，跪拜跪拜，念念祭文，整个拜神的过程就算是完成了。仪式虽然简单，但祭拜时，每一个步骤，都必须足够虔诚。伯父在做这件事情时，绝不含糊，不漏过任何一个动作、一句祭词，只要张五郎高兴了，他们一年的希望也就有了。

拜完神，伯父吩咐徒弟们找出一段最粗最直的竹子，擦拭干净，立在地上。他屏气凝神，庄严地举起篾刀，劈向竹子。这叫开刃，必须一刀而就，一般由伯父自己来完成。他以一名老篾匠的沉稳，稳稳地控制着挥刀的力度，手臂一沉，闪亮的刀刃在空中画出一道清冷的弧光，准确地嵌入竹子顶端，刀光一闪而没。伯父收刀，竹子仍然立在原地,纹丝不动,过了片刻,才咔嚓一响,裂成两半。徒弟们在一旁拍着手,嘴里爆发出潮水般的喝彩,伍老板的院子沸腾起来。

“开工咯!”随着伯父一声清脆的吆喝,一挂浏阳牌鞭炮被点燃,炸出白色烟雾,像祥云一样,飘飘忽忽地从伍老板的院子里升起来。这一年的工作,就在噼里啪啦的爆竹声中开始了。

四

我伯父是位有组织能力的匠人,在他的管理下,他手下的那些徒弟,个个都体现出匠人所具有的优良品质,做事踏实认真,勤勤恳恳,同时又能够尊师重道。他们对伯父言听计从,就像些甘于陪衬在红花周围的绿叶,以自己的默默付出,衬托出伯父作为一名篾匠师傅的光环。伯父当年的角色,有点像今天的工头,但又与工头有着本质的区别。工头凭借着哄骗甚至威逼的手段,使民工屈服,为自己卖力。而伯父之所以能管理好手下众多徒弟,凭的是他在这个行业里积攒起来的威信,他的那些徒弟虽然也在为他卖力,但卖得心甘情愿。

在伯父的徒弟当中,唯一另类的是宋一北。伯父将宋一北带到洪江,是希望他学好手艺,日后继承他的衣钵,成为一名受人尊敬的师傅,将我伯父的手艺发扬光大。可是,成为一名篾匠师傅,显然不是宋一北的理想。尽管我伯父以自己的经历作为榜样,给宋一北画下了一幅美丽的蓝图,但这幅蓝图所展示出来的前景,在宋一北眼中不值一提,他对篾匠这个行业没什么兴趣。到了洪江之后,宋一北脑子里装着的,是一条背离我伯父期望的道路。

正如我伯父所说,洪江是个好地方。沅江和巫水两条河流,就像两条奔腾不息的血管,在小城里澎湃地交汇。水路的通达,造就了洪江九大码头辉煌的历史。在水运时代,这九大码头前船来船往,每天都有数以万吨的货物在码头上进出。这座地处湘西边陲的小城,曾牢牢占据着湘西南中心城市的地位,20 世纪 70 年代,古商城依然是座与怀化并肩的城市。直到铁路和公路兴起,水运衰落之后,洪江才逐渐衰退下来。事实上,在宋一北成为一名篾匠学徒的时候,这座靠水运支撑的城市,已经在走下坡路。但即使是没落中的洪江,与父亲所去过的小镇和县城比起来,仍然充满活力。在这座古商城里,传统的手工业依然兴盛,数以万计的匠人和商人,用他们的热情,凝聚成一束夕阳般的光芒,使古商城保持着最后的余温。

那年开工之后,家乡的篾匠各司其职,就如同一群井然有序的工蜂,迅速进入工作状态,几十双手上下翻飞,竹子的清香在空气中弥漫。我伯父叼着烟,在一群徒弟中间稳稳地坐着,面前是张陈旧的竹桌。与竹桌一起陪伴他的,是口巨大的白色茶缸。这口茶缸伯父从不离手,就像长在他手上似的。他间或把茶缸举到嘴边,低下头,像喝酒那样悠长地抿一小口,咂咂嘴唇,再抬起头,用敏锐而严厉的目光,扫视那群忙碌的匠人。如果有人放慢节奏,故意偷懒,我伯父就扯着嗓门,用粗鲁的梅山方言对其进行训斥。但这样的机会不容易找到,伯父的徒弟都是些山民,有着大山一样忠厚的个性,干活时很少会偷奸耍滑。因此,更多的时候,我伯父手里的茶缸,是种身份的象征,将他从家乡的那群匠人中区分出来,从而受到与其他匠人不一样的礼遇。每隔一段时间,就会有徒弟放下手里的活,拎只开水瓶跑过来,往伯父的茶缸里添水。伯父赞许地点点头,顺便指点这位徒弟几句,比如边角线要拉直,篾要剖匀,青篾和死篾搭配恰当,等等。我伯父传授的这些,是一名篾匠的基本技巧,徒弟们早已烂熟于心。像这种无关紧要的传授,往往很快就被淹没在一片忙碌的声音之中。伯父之所以乐此不疲,是为了证明自己并非是个不劳而获的人。

与我伯父一样无所事事的是宋一北。他跟随我伯父来到洪江之后,具有了匠人的身份,却无法恪守一名匠人的本分。我伯父的徒弟都是些有着良好职业素养的匠人,长期养成的工作习惯,让他们的起居如同钟表般精准。每天早晨,从码头上传来的第一声汽笛将他们从梦中唤醒。这些勤劳的匠人以极快的速度穿好衣服起床,吃过早饭之后,迅速汇聚到院子里。我伯父把茶缸端在手里,院子里便噼噼啪啪地响起篾刀剖开竹子的声音。在我看来,我家乡的那些匠人都是些魔术师般神奇的民间艺术家。他们不但敬业,而且有着精湛的技艺。他们在伍老板那间拥挤的院子里,利用手中简陋的篾刀和工具,使竹子变幻出凉席、竹桌、竹椅、竹床、竹筐等坚实耐用的家具。

跟师兄弟们的出色表现相比起来,宋一北确实是个不务正业的家伙。学徒没当几天,他就不耐烦了。当他的师兄弟们热火朝天,埋头干活的时候,宋一北却将注意力集中在我伯父身上,密切注意着他的动向,以便从我伯父放松警惕或者是离开院子的短暂间隙中去寻找开溜的机会。他的行为像极了一名试图从课堂上逃走的学生,根本不在乎老师讲些什么,而是全身心注意着老师是否放松了对自己的警惕,以便找到机会,拔腿就逃。我伯父毕竟不是老师,他对徒弟的要求远没老师那么严厉。他不必担心课堂纪律是否良好,也不必担心在老师眼里重于一切、可实际上却是毫无意义的升学率。在那个年代,我伯父也许算得上是名负责任的师傅,但与今天的老师相比,他的责任心实在不值一提。因此,开溜的机会往往很容易被宋一北找到。那只巨大的茶缸给我伯父带来了满足感,但同时也带来了副作用。过于充足的水分摄入,使伯父成为一个漏斗,每隔半个时辰,他就得往厕所里跑上一趟。只要我伯父一转身,蠢蠢欲动的宋一北就扔下手中的篾刀,鬼魅一般从那伙匠人当中消失了。

五

青年时期的宋一北有着惊人的记忆力,过目不忘,无论在什么地方,只要走上一遍,便可以记住那些复杂的地形和路线。没过多久,他便摸清了古商城里上百条街巷的分布以及特征。哪条街上有几家饭馆,哪条街上有几家缝纫店,哪条街是卖粮食的,哪条街有菜市场,哪条街开了家电影院,等等,只要是他走过的地方,一切都清清楚楚。他脑子里已经装进了一张古商城的地图。

宋一北不仅记忆力好,而且善于与人交往,用今天的话来讲,就是他有着极高的情商,是那种典型的自来熟。他很快就认识了洪江城里上百家竹器店的老板,并与他们保持着良好的关系。从那时起,宋一北实际上已经展现出了一位商人的潜质,他向这些竹器老板了解竹器的种类、价格、竹子的来源,以及匠人所来自的地域。一段时间之后,他对竹器的认识,便已经可以媲美那些有多年从业经验的竹器商人了。在这一点上,我伯父远不能及。我伯父与竹子打了大半辈子交道，但他对竹器的理解，就像枚钉子，顽固地钉死在结实耐用这一点上，他认为对于竹器来说，竹材最为重要。而宋一北通过一系列调查和对比，总结出了这个行业的关键点不在于竹材，而在于匠人。匠人来自的地域不同，竹器的风格也就不同。当年活跃在洪江的篾匠，按地域划分，一共有两伙，一伙来自湘东，一伙来自梅山。湘东的匠人，师承江浙一带，他们打造出来的竹器，讲究花哨，爱在外观上做文章。而梅山地区的匠人，以我伯父为代表，体现的是一个蛮字，他们所做出来的竹器不在意外观，而是讲究结实耐用。可以说，这两者各有千秋。然而伯父他们的梅山竹器，价格却比湘东竹器低了不少，梅山篾匠的工价，也不如湘东匠人高。宋一北将这些特征总结出来，悉数记在脑子里。

收工之后，宋一北终止闲逛，回到院子里，准时赶上伍老板为匠人准备的晚餐。这时候的宋一北，终于表现得像个篾匠了。他虽然一天到晚游手好闲，没消耗什么体力，但吃起饭来，一点也不比别的匠人差。宋一北不光吃得多，而且吃得快。他必须吃快，不快就得饿肚子。在那个吃不到什么油水的年代，匠人们的饭量，如果放在今天，会让人无法想象。他们风卷残云，像群饿极了的蝗虫，将长桌上的饭菜一扫而光。我听宋一北说过，有位匠人，曾经一顿吃下过四大碗白米饭，那只碗不是饭碗，是湘西南地区用于盛汤的海碗，容量仅次于脸盆，想想都觉得不可思议。更不可思议的是，白米饭就是那时最为丰盛的美食。一般人家里煮饭，往往是七成薯米三成白米，吃下去，一天到晚放屁，但不臭。匠人的伙食算是好的，一半白米一半薯米，不掺薯米的纯白米饭，只有在逢年过节打牙祭时才吃得上。

吃过晚饭，就进入了一天的休息时间。我伯父的徒弟们，会将大部分的休息时间用于磨刀，或者是擦拭工具。在匠人眼里，工具就是他们的另一条命。晚饭之后，伍老板的院子里响起一片霍霍的磨刀声。几十把刀咬在磨刀石上，来回推动，使院子里涌动着一种格外悦耳的律动。对于篾匠来说，磨刀是件非常重要的事情，篾刀并不是磨得越快越好，每一位匠人的篾刀，须根据自己的腕力，磨出所需要的锋利程度，钝了不行，剖不动竹子，过于锋利也不行，容易把竹子剖坏。

当其他人在磨刀或者是磨别的工具的时候，宋一北依然在做着一名篾匠之外的事情。他躺在床上，抱着一台半导体收音机，收听各类节目。他就像头不合群的狼，始终游离于家乡匠人之外。这台收音机对宋一北来说，就如同我伯父生活中的那只茶缸。我伯父通过茶缸彰显自己的身份，宋一北则通过收音机来知晓洪江以外的事情。这件事情同样让我伯父难以理解，除了有时咿咿呀呀唱歌，他不知道这收音机还有什么用处，因为里面说出来的普通话，对伯父来说如同天书。

对宋一北的行为，伯父一忍再忍，但最终还是忍不下去了。他决定管管这个弟弟。我爷爷去世早，父亲不在，长兄为父，在宋一北生命中，我伯父更多的是承担着一位父亲的角色。我伯父甚至没有管过自己的儿子，作为一名匠人，他的儿子一生下来，任务就算是完成了，剩下来的事，由留守在家乡的伯母负责。但我伯父绝不可能对宋一北袖手旁观，他认为如果再不管管，这个弟弟就要废了。宋一北没上成大学，这是命运决定，我伯父左右不了，但让宋一北当好一名匠人,他认为自己还是有这个能力的。

有天早晨,我伯父端着茶缸上厕所,宋一北照例寻机开溜,但这次没有得逞,我伯父不知从哪里闪了出来,幽灵般出现在他身后。宋一北刚跨出门槛,两只脚就腾在了空中。他感觉到有一双手揪住了他的衣领。这是一双篾匠的手,粗糙,力大无穷,宋一北来不及挣扎,就被这双手举到了空中。他回头看到一张紧板着的脸。

我伯父说:给我回去!

说完手腕一抖,将宋一北扔回到那伙勤劳的匠人当中。我伯父让宋一北老老实实待着,去做一名篾匠该做的事。可是宋一北并不买我伯父的账,兄弟俩争了起来。

宋一北问我伯父:你做一把竹椅,能赚多少钱?

我伯父说:两毛。

宋一北指指伍老板的房间:那老板卖一把呢?

我伯父说:这我哪里知道。

宋一北说:你不知道,那我来告诉你,卖一把可以赚五分。

我伯父说:我做一把,顶他卖四把。

我伯父很得意。

宋一北说:你一天能做多少把?

我伯父说:两三把。

宋一北说:伍老板可以卖一百把。

我伯父说:他卖一万把,跟我又有什么关系?

宋一北说:跟你没关系,跟我有关系。

我伯父说:你喝多了吧?你姓宋,又不姓伍。

宋一北指着那些竹器:我要让它们以后都姓宋。

论口舌之争,我伯父不是宋一北的对手。他只能努力维持着作为一位兄长的威严,他说:再往外跑,就打断你的腿。

宋一北指着自己的腿说:来,往这里打。

我伯父立即败下阵来。

六

跟我伯父吵过之后,宋一北收敛了不少,他拿起篾刀,回归了竹匠队伍。尽管干活依然吊儿郎当,但他还是很快就展现出了他在这个行业里的天赋。客观地说,宋一北是个心灵手巧的人,即便是到了老年,他仍然双手灵巧,能干一些精细的活,比如穿针引线,还有,他喜欢摆弄烙铁,不知什么时候,他无师自通,学会了修家电,我家里那些报废的电器,居然被他翻出来一一修好了。青年时期的宋一北,手脚更为灵巧,他可以把竹篾剖得像纸一样均匀而纤薄,这点得到了我伯父的认可。在我伯父看来,篾匠就是个靠手吃饭的行当,只要把手练好了,篾刀捏得稳当,吃穿自然不用愁,一技在手,走遍天下。

但宋一北不是这么想的,他认为篾匠不仅得用手,还得用脑,更得用心。不得不说,作为一名匠人,宋一北确实有着惊人的禀赋,我伯父花了大半辈子潜心钻研的那些竹器,几个月就被他摸透了。宋一北不但熟练地掌握了各种竹器的打造,而且能以竹子为材料,编制各式各样的小物件,比如竹蚂蚱、竹蜻蜓之类的小动物,以及竹花瓶、竹笔筒、竹梳子,甚至于精致的竹发夹,等等。对匠人来说,这就是典型的不务正业了。可宋一北不是个偏执的人，他真正做到了专业与爱好两不误，他的竹器打造得相当完美，与此同时，他的业余爱好也为他的人生添上了精彩的一笔。他用这些精致的小东西，把一位姑娘骗到了手。这位姑娘后来成为我的母亲。

在打造竹器这点上，宋一北是个不折不扣的天才。比编织小东西更能反映他才能的是，他利用高中学过的几何知识，将竹椅、竹床、竹凳这些大件竹器稍稍加以改造，便使其变得比以前更加美观和稳固了。做到这样，宋一北只是利用了一些简单的力学原理，很多人都知道，只是没有人敢去突破。在家乡，篾匠手艺代代相传，亘古不变，任何创新都会被视为欺师悖祖。但宋一北不怕，他欺的是他哥。他不仅从结构上创新，细节上也别出心裁。每完成一样竹器，宋一北都会在上面刻上一枝芦苇，并在旁边加上"炉观宋记"四个字。

芦苇是我家乡最为有名的产物，宋一北将其刻在竹器上，究竟有何用处，我伯父不明所以，但他也没有阻止宋一北干这件事。因为宋一北刻的芦苇，总是恰如其分地出现在它应该出现的地方，对整件竹器来说，的确是起到了画龙点睛的作用。那些呆板的竹器，因为小小的图案，立即变得生动起来。当然，在我伯父看来，宋一北搞的都是些花架子，并无实际用处。他不明白宋一北的用意，更不可能明白在宋一北那颗不安分的心里，潜藏着一个周密的计划。宋一北所做的这些记号，放在今天，就是商标和品牌。可以这么说，宋一北的眼光，从那座 70 年代的小城里，穿越了几十年的时光，已经抵达了我们当下的这个时代。这么超前的想法，我伯父当然不懂，但他也不反对，毕竟"炉观宋记"这四个字，包含了他的家乡和我们家族的姓氏，让他内心有着一种荣誉感。

就这样,宋一北在履行着一名篾匠职责的同时,也在有条不紊地积累着成为一名竹器商人所必须具备的条件。

宋一北的机会终于来了。这次机会来源于一场由我伯父引发的火灾。我伯父是个烟鬼,这导致了他晚年时身患肺癌。临终前,他依然念念不忘这种将他置于死地的嗜好。我的堂哥们挤在病床前,泣不成声地问他有什么遗言。他说:给我支烟吧。堂哥们号啕大哭,说你个老鬼,死到临头了还不知收敛,你要是不抽烟,就可以多活几年。尽管这样,堂哥们还是点了支烟,塞到他们那个奄奄一息的父亲嘴里。我伯父一边抽着烟一边幸福地说:要是不抽烟,我死得更早。在他看来,抽烟并不是导致肺癌的必然原因,生活中比烟有害的东西太多了,防不胜防。死亡是必然的,与烟无关,每个人一生下来,死亡就在前面等着他了,就像一个不可预知的终点,所有人都会排着队走向那里,迟走和早走,取决于你在队伍中的位置,现在轮到他走了。伯父这一番话,把我们都惊呆了,这个后半辈子迷恋于念佛修行的男人,在临死之前,成了一个睿智的老头。

烟不仅给我伯父带来了死亡,实际上,他作为一名篾匠的光辉生涯,也是被烟葬送的。壮年时期的伯父烟不离嘴,他嘴里的烟就像一个信号,闪烁在哪里,哪里就飘荡着一种作为师傅的威严,即使是喝茶时,也要抓紧时间先抽上一口再喝,因此,他茶缸里总是盛着满满的一缸烟雾。出事的那天,正是盛夏,天气热得能燃起来。不久之前,伍老板从汉口的一位竹器商手里接了宗大单,要得很急,他规定一个月之内,我伯父必须带领徒弟们把这批竹器赶出来。这是项十分艰巨的任务，但难不倒我伯父，他是位出色的师傅。在伯父声色俱厉的督促下，我家乡那伙忙忙碌碌的匠人展示出了极为出色的制造能力，不到一个月，这批竹器便已经完成。收工那天，我伯父红光满面，端着茶缸，看着徒弟们将最后一批竹器入库。他一边抽着烟，一边对手底下这伙疲惫不堪的匠人进行精神和物质的双重鼓励，先是赞扬他们为炉观的篾匠争了口气，然后大方地宣布：这个月每人多发五块钱。院子里顿时沸腾起来，徒弟们用掌声和欢呼声将我伯父简短有力的总结变成了一场欢快的庆功会。他们没有想到，在这场庆功会中，正悄无声息地酝酿着一场灾祸。

这种欢快的气氛一直保持到了傍晚时分，沅水起风了，天黑下来，明净的江面浮起点点渔火。江风从水面疾掠而来，将沿江两岸的酷热迅速吹散，我伯父随手丢在地上的一个烟头，被风刮进了院子里的杂物间。那里堆放着伯父他们在那一个月里做好的竹器，竹椅竹凳竹床分门别类地码在一起，显得非常壮观。为了避免竹器受损，每一层竹器之间，都垫了一层柔软的稻草。这是我伯父想出来的办法，并为此扬扬得意，认为自己是个具有创造力的人。但是如果他知道这天晚上将要发生的事情，我相信打死他也不会想出这个馊主意。这个烟头进去之后，瞬间就将这些干枯的稻草引燃了，火顺着风势往上爬，竹器噼里啪啦地响了起来，火光冲天而起，卷着灰烬扑向这座小城的天空。包括宋一北在内的徒弟们，顿时从院子里逃了出去。

关键时刻，还是我伯父表现得比较冷静，在这危险万分之时，他居然不知从哪里找来了一只脸盆，端着一盆水，像个英雄一样就要冲进去灭火，被宋一北死死拉住了。宋一北指着漫天的火光说：老大，进去也是搭条命。伯父将脸盆一扔，一屁股坐在了地上。他心里十分清楚，凭他一个人的力量，确实是杯水车薪。好在街坊邻居迅速围了过来，从家里拿出水桶和脸盆，半条街的人蜂拥而上，一起阻止住了这场大火的蔓延，但是满仓库的竹器已经化为灰烬。

伍老板赶来之后，笑眯眯地对伯父进行了安慰，说只要没伤到人就好，是福不是祸，是祸躲不过。但他随后提出的赔偿数目，却不像外表那样温和了，他对着我伯父伸出了一个巴掌：五千。

伯父算了一下，前半辈子算是白干了，后半辈子估计也得搭在里面。五千块，都能买下他一辈子了。要知道，那时候的万元户，比今天的土豪还要风光。但我伯父毕竟是见过世面的人，他没有被这个天文数字吓倒。他当即就拍着胸脯，一脸诚恳地向伍老板保证，这事由他一人负责，跟徒弟们无关，他砸锅卖铁也会把这个钱还上。这时的伯父充分表现出了一位师傅兼长者的风范，以至于每当我回想起这个场面时，就会觉得我伯父那一刻的形象相当伟大。

第二天一早，开工的时间到了，徒弟们齐刷刷地聚集在院子里，等着我伯父来开工。他们等了半天，我伯父也没到。这不是他的风格，以往他总是第一个起床的人，还没完全睡醒，就半眯着眼睛跑到院子里，用嘹亮的嗓门发起开工号令。在这一点上，他向来都是个雷厉风行的人。半个时辰之后，徒弟们等不住了，他们推开我伯父房间的门，想进去叫醒他。一进去全都傻了眼，床上空空如也，他们的师傅不知去向。随后他们又找遍了整个院子，还是没能将我伯父找出来。他们当然找不到了，因为我伯父半夜里就已经从这张床上爬起来，卷着铺盖逃向了那条通往家乡的路。

七

这样一来，这笔债就落到了宋一北的头上。兄债弟还，天经地义。宋一北初生牛犊不怕虎，二话不说，一口承担下来：这钱我来还。宋一北说，人活着就得讲个道义。

伍老板说：你还？拿什么还？

很明显，他不相信宋一北。这个年龄不到二十岁，看起来吊儿郎当的小伙子，嘴巴上毛都还没长全，根本就不具备偿还五千块钱的能力。

宋一北诚恳地说：债是死的，人是活的，五年还不了十年，十年还不了，就一辈子。

宋一北的诚恳居然把伍老板打动了。他拍着这位年轻人的肩膀说，我就喜欢你这样的小伙子，就这么说定了。

对伍老板来说，这也是没有办法的办法，我家乡的这伙匠人是他的摇钱树，俗话说，树倒猢狲散，我伯父逃之夭夭，这伙篾匠必定人心不稳，他需要另一棵树来将这伙匠人稳住。宋一北就是那棵树。

就这样，宋一北被迫着继承了我伯父的衣钵，更确切一点说，是承担了我伯父留下的高额债务。我不知宋一北当年哪来的勇气，但这件事对他人格魅力的提升是毋庸置疑的，自此之后，那伙徒弟便彻底折服于他。他们对这位年轻的师傅言听计从，比对我伯父还要死心塌地。

在管理匠人上，宋一北颠覆了我伯父之前那种传统的师徒模式，让他们充分发挥自己的想象力,对竹器放心大胆地进行改造。闲暇之余,他便教徒弟们在竹器上雕花、刻字。他从不赶早开工,总是让徒弟们吃饱了,睡足了,再精神饱满地投入到工作中去。如此一来,工作的时间大大缩短,效率却是节节高升。这种状况,持续了差不多两年。也就是说,宋一北花了近两年的时间,让这伙原本呆头呆脑的匠人,变成了一群具有活力的家伙。当这伙篾匠将想象力和"炉观宋记"四个字注入那些竹器之后,宋一北手里的这些匠人,已经不再是一伙机械的匠人,他成为一名竹器商人的时机也就到了。

接下来,宋一北干了一件非常有意义的事,他将徒弟们召集到一起,开了个会。他以极具煽动力的演讲,向徒弟们阐述了一个简明扼要的道理:要想富起来,就得做生意。他说,作为匠人,累死累活一辈子,都是在给伍老板卖力。这场演讲带来的结果是,那几十名徒弟瞬间就凑了八百块钱交给宋一北。因为宋一北开出来的条件实在是太诱人了,他承诺匠人们,到时会以百分之一百的利润回报。宋一北的这种行为,类似于今天的非法融资。这种天上掉馅饼的事,如果是放在别人身上,徒弟们肯定不会相信,但他们相信宋一北。我家乡的这伙匠人就像中了邪一样,被这个年轻的师傅以出色的口才激励着,做起了发财的美梦。

宋一北拿着这笔凑来的钱去找伍老板,他要从伍老板手里买下他自己打造出来的所有竹器。

伍老板很惊讶,问宋一北:买这么多竹器干什么?

宋一北坦诚地告诉伍老板:自己想做笔生意。

伍老板提醒宋一北:踏踏实实当好你的师傅,比什么都强,做什么生意呢,这碗饭不是谁都能吃的。

伍老板的这种担心里,还有另外一层意思,他怕宋一北一不小心把老本赔光,欠他的那笔债还没开始还呢,五千块钱毕竟不是个小数目。但宋一北已经下定决心,十头牛都不可能将他拉回来了。伍老板只好答应,他是个商人,只要有利可图,竹器卖谁不是卖,再说了,他估计这个后生也折腾不出什么名堂来。只是他弄不明白,宋一北为什么只买下由他自己打出来的竹器?

买下伍老板的这批竹器之后,宋一北又从另外的竹器店买了五十把竹椅,买来之后,他转手就将这五十把竹椅以低于市场的价格卖给了一位从汉口来的竹器商,而从伍老板手里买下的那批竹器,则原封不动地压在那里。这一单生意,明摆着是亏。徒弟们都急坏了,照这样下去,再做两单全得亏光,那可都是些血汗钱。可是宋一北一点也不着急,他胸有成竹地告诉徒弟们,急什么,好戏在后头,做生意得把眼光放长远,放长线才能钓到大鱼。

不久之后,这条大鱼就来了。有一天,那位汉口的竹器商拿着几把竹椅,怒气冲冲地闯进了院子里,要求宋一北置换,说是质量不行,泥糊的一样。宋一北拿过竹椅看了看,确实是他上次以低价卖出去的,但他像个无赖似的开始赖账了,他十分肯定地说:这不是我们的竹器。

竹器商说:就是从你手里买的,化成灰我也认识。

宋一北没再解释,他一声不哼地拿过这把竹椅,找块宽阔的地方,往地上猛地一摔,竹椅应声而散。所有人都吓了一跳。宋一北不慌不忙地从仓库里又拿出一把竹椅出来,再次举起来往地上一摔,啪的一声,这条竹椅从地上弹起来,完好无损。宋一北指着竹椅上的刻字:你看看,这才是我们的,有记号,炉观宋记,看清楚了吗?炉观宋记的竹器是摔不烂的。

为了让竹器商信服,宋一北让他自己亲手来摔,说只要他能摔坏一把,就赔他十把的钱。竹器商举着这把竹椅,摔了好几次,确实完好无损。这下竹器商彻底信服了,不再提赔偿的事,他马上就拍板,要把炉观宋记的竹器全买下来。宋一北说:买可以,但价钱我来定。于是他将这批从伍老板手里买下来的竹器,以高于市场一大截的价格卖了出去,狠狠地赚了一笔。徒弟们乐坏了,他们拿着分来的钱,充满敬意地看宋一北,就像看着一位神通广大的财神爷。

对宋一北来说,这只是蝇头小利,他根本没放在眼里。他需要的是一种传播效应。那时没有网络,只能靠口口相传,这位竹器商很默契地成了宋一北的同伙,回去之后,他如法炮制,将刻有"炉观宋记"的竹器摔给客户们看。这种简单直接的方式,相当具有说服力。这种摔不烂的竹器,很快就被哄抢一空,价格自然也要比其他竹器高出许多。因此这位竹器商也狠狠赚了一笔。宋一北想要的效果很快就出来了,没过多久,这位竹器商就替宋一北把"炉观宋记"这四个字在汉口的宝庆码头上摔成了响当当的一块招牌。竹器商纷至沓来,都指定要买"炉观宋记"的竹器。在他们眼里,"炉观宋记"这四个字已经成为质量的保证。

可是宋一北却告诉他们:没有货了。

他们问宋一北:哪里能买到?

宋一北说:炉观宋记,当然是在炉观了。

宋一北所做的一切,最终的目的,就是为了带着徒弟们回到炉观那座小镇。到了这个阶段,他的计划实际上已经水到渠成。因此,当这些竹器商人带着遗憾离去时,宋一北也做出了一个决定,他要带着徒弟们回家乡实现他的创业计划。

这下轮到伍老板着急了,他对宋一北说:要走可以,先把债还了。

伍老板原本以为,这五千块钱,能将宋一北的一辈子绑在他的院子里。在当时来说,五千块确实是很多人倾其一生也无法赚到的数目,而宋一北只是个二十出头的后生。但是很显然,他太小瞧这个年轻人了。宋一北虽然没有钱,但他有几十名徒弟,这些徒弟就像被洗了脑一样,已经对宋一北无所不从。人多力量大,徒弟们主动凑齐了这笔钱,要替他们的师傅还债。

令人感到意外的是,这五千块钱最终伍老板一分都没要,在宋一北离开洪江时,伍老板出人意料地将这笔债抹掉了。因为她的女儿已经被宋一北暗度陈仓,用一些精致的竹编小物件骗到了手。这个和颜悦色将我伯父逼上一条逃跑之路的商人,之所以免掉这笔欠债,无非就是想送给女儿一份嫁妆。

八

宋一北带着徒弟们回到了炉观。他心潮澎湃地想起了两年前的情景,他的哥哥,也就是我的伯父,意气风发地带着他和一伙徒弟坐着竹筏,从这条水路出发,翻山越岭到洪江去谋生。两年之后,他又回来了,这里是他理想的起点。就是在这里,他坐在那面远行的竹筏上,对我伯父说出了要把洪江搬到炉观来的话。当时我伯父认为他是读书读傻了。两年之后,他将把"竹器之乡"这四个字从洪江搬回来,安放在这座小镇上,以证明自己当初说的并不是胡话。

与我伯父相比,宋一北确实是个有远见的人。回炉观之前,徒弟们茫然不解地问宋一北:为什么不在洪江开竹器店呢,放着这么好的码头不用,非得回到炉观那块不毛之地?宋一北跟他们解释,只有到了炉观,"炉观宋记"这块招牌才是我们自己的。这四个字以及芦苇的图案,谁都可以刻出来,但是炉观这个地方,别人是刻不出来的。徒弟们还是不明白,但一个个都做出恍然大悟的样子。毫无疑问,他们对这位年轻师父的崇拜,已近乎盲目。

回到炉观之后,宋一北以"炉观宋记"的招牌,和手下的徒弟们合伙开了一家竹器店。店子靠在河边,两扇木门向着河面敞开,对应着我故乡的一句俗语:水来财到。这是个美好的愿望。然而,那时的炉观还处于封闭之中,与外面的世界隔着遥远的距离。与洪江那两条河相比,当时的炉观河就是潭死水,两个石码头隔河相望,供人浣洗衣物,同时也供两岸的人过渡。但宋一北相信,他很快会让这里像洪江一样热闹起来。

竹器店开起来后,宋一北奉行有饭一起吃、有钱一起赚的原则,让所有徒弟都以入股的形式,参与这家竹器店的经营。可以这么说,宋一北是最早就具有股份制思维的那批人之一,20 世纪 80 年代,他在家乡的小镇上,实现了股份合作制。这种超前的经营模式,让他的竹器店迅速壮大起来。大伙一起出钱出力,到了年底按股份分红,这样一来,每个徒弟都把这家竹器店当成了自己的产业,干活时不遗余力。以宋一北为核心的这伙篾匠，表现出来的旺盛生产力，令我伯父以师徒关系为基础建立的那支团队相形见绌。在那个大多数人还习惯于吃大锅饭的时代，宋一北已经带着徒弟们，将一只脚提前跨进了即将到来的改革开放之中。

不久之后，一只机动船从资江进入炉观河，再从炉观河逆流而上，突突直响地来到了炉观镇。沿河两岸的巷子里瞬间就沸腾了，整座小镇的人都从家里跑出来，围在河边观望。他们在这条河里从来都没看到过这么大的机动船。镇上的码头太小，停靠不下，这条船在一块浅滩边停下来。宋一北带着徒弟们，像群蚂蚁沿着河岸穿行，挥汗如雨地把一批竹器搬上了船，河水明晃晃地映着这群篾匠的影子，他们灿烂的笑容在水中荡开。这艘机动船离开浅滩的同时，这座叫炉观的小镇也开启了向竹器之乡蜕变的序幕。从那以后，机动船对于这座小镇的意义，就变成了一个与财富有关的符号，只要马达一响，财源便滚滚而来。

“炉观宋记”这四个字，顺着水路到资江，再从资江走向了全国各地。宋一北和这批篾匠很快富了起来。与洪江的那些竹器相比，炉观的竹器利润要高了很多。但宋一北不是个贪婪的人，他为“炉观宋记”制定了一条原则：利润高也不多做，每个月就只出一批货，必须先预订。这样一来，“炉观宋记”的竹器就变得奇货可居了，源源不断的订单被一些船只载着，顺着炉观河进来，从年头排到年尾。一年排满之后，宋一北就不再接受预订。竹器商要想订到店里的货，必须等到第二年。在宋一北的带领下，这家叫“炉观宋记”的竹器店里一年到头忙忙碌碌，分秒必争。

两年之后，那间店面已经容纳不下这伙匠人的旺盛生产能力。宋一北决定扩大规模。他带着徒弟们在河边开辟出一块空地，搭个棚，建起一座简易的厂房。距厂房五十米处，还修建了一个专门上下货的码头。这样一来，这家竹器店摇身一变成了一家工厂。宋一北从镇上雇用了一批工人，这批人中间，不止有竹匠，还有雕花的木匠，修理工具的铁匠，甚至还有专门上下货的搬运工，以及专门管理账目的会计。在宋一北的计划里，这家工厂将不断扩大，到时会将整座小镇的人都装进来。

可是人算不如天算。毕竟在那个时代，像宋一北那样具有前瞻性的人很少，更何况他的伙伴是一伙手里还捏着篾刀的匠人。他们都是些讲究实惠的人。就在宋一北带着徒弟们把竹器生意做得风生水起之时，有位姓王的徒弟嚷着要出来单干了。他比宋一北高一辈，虽然是师徒关系，但按照辈分，宋一北得叫他叔。这位叔对宋一北限量供货的做法极度不满，他说可以多赚钱，为什么不多赚。他要自己单干。

宋一北问他：叔，你真想单干？

这位叔说：做梦都想。

宋一北说：你想清楚了？

这位叔说：很清楚了。

宋一北就让他分了出来。那天傍晚，宋一北坐在河边抽烟，一轮夕阳落到山的后面，月亮从另外一边的天空升起。这轮明月让宋一北有些伤感，他突然想到了某种东西的幻灭。

分出去之后，这位姓王的竹匠在“炉观宋记”的对面开了家竹器店。他倒是很聪明，没有匠人，就从外地雇了一批，更聪明的是，他依葫芦画瓢，完全复制了宋一北的经营模式，竖起了一块叫“炉观王记”的牌子。这家竹器店开起来后，同样的竹器，宋记卖五块，他就卖四块五，薄利多销，他生意做得比宋一北还要好。

“炉观王记”的做法，导致了一场随后到来的危机。看到这位分出去单干的竹匠发了财，其他徒弟也如梦初醒。都是匠人，凭什么让他一个人发财？于是这伙人纷纷向宋一北提出来要单干。看着这些眼睛里闪烁着金钱光芒的徒弟，宋一北知道自己已经不可能再说服他们了。这时的宋一北才突然明白，有些地方，他确实不如我伯父。我伯父利用师徒关系，将这伙匠人稳稳地控在手里二十多年。宋一北接过来之后，利用一种新的关系，也就是利益，将他们凝聚到一起，确实产生出一股新的力量，这股力量很强大，但是这样的队伍散起来，也就是一瞬间的事，当他们面临更大的利益诱惑时，会毫不犹豫地将宋一北抛弃。这让宋一北感到很挫败，他挥了挥手，说：那就分吧。于是这个草根团队迅速就解散了。

应该说，宋一北的这伙徒弟，个个都很争气，跳出来之后，都做了竹器商。那是 1985 年，一个在苦难中隐忍已久的新时代，从那段荒芜的岁月中走出来，向小镇上的人露出慈祥的微笑。那段时期，小镇上出现了录音机、喇叭裤，还有一种叫迪斯科的舞蹈，一些烫着卷发的年轻人放着音乐在街边扭动，一切都显得那么美好。只是宋一北心中的那个竹器王国，在这种潮流中崩坍掉了。

宋一北无奈地接受了自己的失败，他毅然关掉工厂，彻底放弃商人的身份，重新成为一名匠人。应该说，他作为真正意义上的竹匠，正是从那一年开始。自此之后，宋一北把自己关在家里，潜心研究那些小物件，镇上的人很难见着他的身影。他就像位隐者，在远离人们视线的地方，让竹子变成花鸟虫鱼、梅兰竹菊等精致的工艺品，仿佛他的使命，就是赋予这些竹子另外一种生命。这时的宋一北，俨然成为人们眼中的傻子，大把的钱在这座叫小炉观的小镇上放着，他不知道去赚。

不可否认，在那些年里，炉观的竹器生意确实红红火火。“炉观宋记”消失了，但是炉观王记、周记、邓记、刘记、李记等几十个招牌相继冒了出来。这些竹器商，蚕食一般砍光了镇上的竹子，紧接着去邻镇的山上砍，最后甚至砍到了邻县的山上。无数的竹子被伐倒，顺着水路和公路来到炉观，变成一件件精美的竹器，堆放在对河两岸的竹器店中。随着竹器数量的暴增，宋一北从洪江带回的那块牌子也就变得一文不值了。这些商人，只能通过不断降价来招揽生意。这种恶性竞争一旦形成，便无法挽回。越来越微薄的利润，迫使这些竹器商人不得不辞去从外地雇来的匠人，重新操起篾刀，回到他们好不容易才摆脱的匠人生活里去。值得一提的是，这些廉价的竹器，倒是为这座小镇换来了一个竹器之乡的美称。

后来，手工艺没落，炉观镇对河两岸的那些竹器店，就像深秋的落叶，一夜之间消失殆尽了。我家乡的那座小镇，又恢复了沉默。

奇怪的是，宋一北的竹制工艺品，一直卖到了今天。如果你们对传统的民间工艺有兴趣，可以去查查“炉观竹艺”这四个字，那是一项省级非物质文化遗产。我想告诉大家的是，我父亲宋一北，就是这项非物质文化遗产的创始人。到深圳之后，他在东门开了家竹制品工艺店。如果你想买他的竹制品,可以去东门,在一条老街的拐角处,有家“炉观宋记”的店子。你走进去,见到一位老人,稳如磐石地坐在柜台后面,你向他买竹制品,他开口第一句话就是问你:你知道炉观吗?

2016 年 9 月